문화사학자 신정일이 길에서 만난 세상 이야기

길에서 행복해져라

신정일 지음

상상출판

걷기의 리듬은 사유의 리듬을
낳는다. 풍경 속을 지나는
움직임은 사유 속을 지나는
움직임을 반향하거나 자극한다.
마음은 일종의 풍경이며
실제로 걷는 것은 마음속을
거니는 한 방법이다.

– 레베카 솔닛

길은 여러 세대에 걸쳐 이어지는 보행자들 사이의
연대이자, 사람의 발이 자연에 머문 기억이며,
인류의 징표다.

– 신정일

이제 이쯤에서 작별하자.
가까워질수록 멀어지는 것이 길이니
멀어질수록 가까워지는 것이 길이니

– 정일근

사람이 천지간에 살아 있는 동안은
백구가 틈바구니를 지나가는 것처럼 짧아 잠깐일 뿐이네.
빨리도 이 세상에 태어났다가 급히도 이 세상을 떠나가네.

– 장자

길 가는 사람에게 가장 중요한 것은 수수께끼 같은
수많은 장소들 속에서 어디가 어디인지를 분간하는 일이다.

– 다비드 르 브르통

방랑자는 인간이 즐길 수 있는 최고의 향락을
누리는 사람이다. 기쁨이란 한때뿐이란 걸 머리로
알고 있을 뿐 아니라 직접 맛볼 수 있기 때문이다.

– 헤르만 헤세

걷는 사람은 시간의 부자다.
한가로이 어떤 마을을 찾아들어가 휘휘 둘러보며 구경하고
호수를 한 바퀴 돌고 강을 따라 걷고 야산을 오르고 숲을 걷는
그는 자기 시간의 하나뿐인 주인이다.

– 다비드 르 브르통

이 하수상한 시절에, 내 설운 마음의 한 귀퉁이는
어딘가에서 나를 추억하고 있을까?

– 신정일

| 작가의 말 |

길은 나의 학교이자 스승이었다

살다가 보면 별일이 다 있다. 내가 글을 쓰고 둘째 아들 하늬가 그림을 그린 것이 한 권의 책으로 엮여 세상에 나오게 되었으니 말이다.

인생이라는 길에서 만난 무수한 사람들 중에서도 하늬는 나와 부자지간이라는 각별한 연을 맺은 사람이다. 게다가 내가 태어난 날(음력으로)과 같은 날에 세상에 나왔다.

하늬의 이름은 동학농민혁명을 노래한 신동엽 시인의 장편 서사시 「금강」의 주인공 이름을 따서 지었는데, 한 권의 책을 공동으로 만드는 또 다른 인연이 맺어졌으니 이 어찌 신기한 일이 아니겠는가?

하늬는 어린 시절부터 나를 따라 우리나라 전역의 문화유산을 답사하였다. 그러던 1990년 여름, 당시 전남대에 있다가 지금은 명지대에 재직 중인 미술사학자 이태호 선생과 운주사 답사를 갔을 때의 일이다. 그때 다섯 살이었던 하늬가 공사바위 아래 작고 못생긴 부처 위에 올라앉더니 내게 다음과 같이 말했다.

"아빠, 이 부처가 백성들 같다."

그 말을 듣고 이태호 선생이 "너 뭐라고 했니?" 하고 묻자 하늬가 "백성들 같다고요" 하였다. 그 말을 듣고 이태호 선생은 탁월한 상상력이라며 칭찬

했었다. 운주사의 석탑들이나 석불들은 모두가 하나같이 굶주리고 빼앗길 대로 빼앗긴 민중들의 모습들을 하고 있었으므로 그런 말을 했을 것이다.

하늬가 대학을 다니다가 소집 영장을 받았을 무렵, 집안 사정은 어수선했다. 전날 밤 하늬와 둘이서 어둠의 장막이 내린 전주천을 한벽루까지 한 시간 반 남짓 걸었다. 그때 들리던 전주천의 물소리. 시냇물이 요란스레 소리를 지르기도 하고 비를 몰아오는 눅눅한 바람이 무성한 억새풀을 흔들기도 했다. 삼라만상의 모든 소리가 다 깃들어 있다는 강물소리를 들으며 걷는 내내 얼마나 많은 생각들이 머릿속을 스치고 지나갔는지. 그 밤, 시냇물이 우리 둘에게 들려주었던 이야기만큼 내가 하늬에게 들려줄 말은 많았다. 하지만 나는 그냥 앞만 보며 발길을 옮겼고, 하늬는 그런 나를 침묵한 채 따라오기만 했다.

그날 여름밤 슬픔 속에서 나란히 걸었던 시간이 내게 어느 날 문득 말을 건넬지도 모르고, 하늬도 역시 침묵 속에 걸었던 그 밤을 문득 떠올릴 것이다. 그 사이로 수많은 세월이 강물처럼 흘렀고, 참으로 먼 길을 걸어왔다. 얼추 잡아 40여 년을 길에서 보낸 세월이었다. 강길, 산길, 바닷가 길 그리고 옛사람들의 자취가 남아 있는 역사의 길을 걸으며 많은 사람들을 만났다. 길이 아니었다면 겪지 못할 무수한 일들을 경험했다. 모두가 우연 같은 필연, 아니, 운명이었다.

여러 갈래로 뻗은 길 위에서 나는 무수히 길을 잃었고, 그로 인해 크나큰 절망에 빠졌다가 새로운 길을 찾기도 했다. 대다수의 사람들처럼 정규교육을 받지 못한 나에게 길은 학교이자 도서관이었고 스승이었다. 이 책은 그 길 위에서 만났던 모든 사람, 모든 사물 그리고 시간 속에서 기억되었다가 소멸되어가는, 말하자면 '길에 대한 이야기'이다.

제1부는 〈길에서 만난 세상〉에 대한 이야기다. 예전에는 십 년이면 강산이 달라진다는 말이 있었는데, 요즘에는 5년은커녕 한두 달이 채 지나지 않아 강산이 변한다. 그만큼 변화의 속도가 빨라졌다. 이렇게 주마간산으로 주변과 스치며 사는 세상에서 '걷기'는 세상 사람과 아름다운 풍경 속으로 들어가는 여행이다.

제2부는 〈길에서 나를 만나다〉라는 주제의 글이다. 수많은 길을 걸어오면서 길 위에서 목숨을 잃을 뻔했던 적도 있었고 다칠 뻔했던 적도 많았지만 이렇게 살아 있는 것은 순전히 운이 좋았기 때문일 것이다. 온갖 위험과 고독 속에서 홀로 또는 여럿이 걸으며 깨달은 것은 길 위에서 내가 나를 만난다는 것이었다. 나는 누구인가? 나는 어디만큼 서 있는가? 나는 어디로 가는가? 나는 항상 물었고 항상 걸었다.

제3부는 〈길에서 만난 사람〉에 대한 이야기다. 내 인생에서 가장 중요한 사람들을 나는 모두 길에서 만났다. 내 운명을 결정지어 주었던 초등학교 선생님, 존경하는 김지하 선생님, 사단법인 우리땅걷기의 도반들 그리고 그 엄혹했던 1981년 여름 안기부 지하실에서 만났던 사람을 몇 년 후 다시 만난 것도 다 길 위에서였다.

제4부는 〈길이란 무엇인가〉이다. 우리나라는 현재 길 열풍이다. 여기저기 길이 만들어지고 수많은 사람들이 걷고 있다. 인류의 역사가 시작된 이래 사람들이 걸어간 곳이 길이 되었고, 그 길의 외형이 넓어져 바닷길과 하늘길이 만들어졌다. 그리고 보이지 않는 길이 만들어져 세계가 함께 소통하고 있다.

이 모두가 길에서 비롯되었다. 그러나 길의 역사나 길의 철학에 대한 담론은 시작되지 않았다. 길이란 무엇인가? 단순히 도道가 아닌 그 무수한 실체를 우리는 두 발로 걸어야만 느낄 수 있고, 사랑할 수 있다. 그런 연유로 길에서 만난 길의 사상, 길의 철학, 그것을 조금이나마 이 책에 담고자 했다.

오랫동안 길 위에서 나날을 보내다 보니 가족이나 친척, 친구들에게 소홀했고, 세상과 동떨어져 살다 보니 살아가는 일이 팍팍하기도 했다. 그렇게 오래 걸었던 길에서 나는 고독하고 쓸쓸했지만 행복하기도 했다.

글을 쓰는 내내 언뜻언뜻 스쳐지나가는 추억의 풍경들 때문에 가슴이 무거웠지만 그 길을 다시 걷고 싶은 생각이 일어나기도 했다. 그래서 푸시킨은 "현재는 언제나 슬프고 괴로운 것, 모든 것은 일순간에 지나가고 그리고 지나간 것은 다시 그리워지느니"라고 말하지 않았던가? 이 글을 이 땅에서 함께 걸었던 모든 도반들에게 바친다.

길을 걸으며 자주 하는 말이 있다. "길은 누구의 것인가? 만든 자의 것인가? 아니다. 길은 걷는 자의 것이다."

그러므로 그대가 걸으면 길이 되고 등불이 되어 그대의 길을 밝혀주는 그 길을,

'걸어라, 그래서 행복해져라.'

2011년 팔월 초사흘

온전한 땅 전주에서 **신정일 쓰다.**

| 차례 |

2 길에서 나를 만나다

3 길에서 만난 사람

4 길이란 무엇인가

1 길에서 만난 세상

마음에 있는 것을 모두 비우고 걷기

서울의 동대문에서 경북 울진군 평해읍까지 조선시대의 옛길 관동대로를 걸어갈 때의 일이다. 양수리에서 양평까지는 국도를 따라가는 길이다. 수많은 차들이 질주하는 도로를 따라 걸어가던 우리땅걷기 회원 이수아 씨가 "선생님, 저 매연과 소음 때문에 걸어가는 게 너무 힘들어요" 하고 내게 말을 건넨다. 그렇다. 우리나라의 모든 길은 온통 매연과 소음의 종합백화점이다.

매연 못지않게 길을 걷는 길손들을 괴롭히는 것이 온갖 자동차들이 내는 소음이다. 어디 길만 그런가. 현대인들이 살고 있는 대부분의 아파트들은 특별한 방음장치를 하지 않는 이상 여러 가지 소음에서 벗어나지 못한다. 몇 년 전까지 내가 살았던 아파트는 지어진 지 20여 년이 다 되다 보니, 제대로 방음장치가 되어 있지 않아서 항상 여러 소리들이 끊이지 않았다. 그래서 라디오나 TV의 볼륨을 크게 틀거나 아니면 소음을 노래 삼아 듣는 방법 외엔 다른 방도가 없다.

이른 아침부터 어둠이 내린 저녁까지 '두부 왔어요' '귤이 한 상자 만 원이에요' '달고 맛있는 꿀사과 왔어요' 하고 떠드는 소리에 계절이 오가는 것을 확인했다. 때로 아무 소리도 들리지 않는 시간이면 '오늘이 도대체 무슨 날이라 이렇게 조용하지' 하고 의구심이 생긴다. 이렇게 소음이 사라지면 마음이 편안하지를 않고 궁금한 것을 보면 내가 어느 때부터인지 모르게 소음을 사랑하게 되었는지도 모르겠다.

어린 시절을 회상해보면 청소년기를 보낸 집들 역시 길갓집이어서 하루 종일 사람들의 발걸음 소리와 두런대는 소리들이 바로 방문 앞에서 들려오기도 했다. 집에서도 그러할진대 하물며 길을 걸어갈 때야 오죽하겠는가? 길에서 들리는 온갖 소음도 소음이지만 보행자의 옆을 지나가는 자동차들의 소리가 딱 질색인 경우가 너무도 많다.

항구적으로 소음이 가득한 도시생활에 길이 든 도시인에게 어떤 침묵의 순간이 갖는 의미는 농촌 사람들이 느끼는 그것과는 다르다.(중략)

도시인은 침묵이 지배하는 공간에서는 마음이 편하지 못하다. 그는 침묵에 두려움을 느낀 나머지 얼른 큰 소리로 말을 하거나 자동차의 라디오나 시디 음악을 켜서 안도감을 주는 소리를 추가하고 누구에게건 휴대전화를 걸어서 자기의 존재를 확인받고자 한다.

소음에 길이 든 사람들에게 고요한 침묵의 세계는 결국 표적이 사라진 불안의 세계가 되고 만다. 갑자기 떠들썩한 소리가 딱 그쳐버리면 기분이 으스스해지기 쉽다. 그것은 곧 엄청난 재난이 발생하기 직전의 정지 순간처럼 느껴져서 길갓집에 사는 사람들은 공연히 겁을 내며 창가로 다가가 밖을 내다보는 것이다.

떠들썩한 사람 가운데서 걷는 사람이 태연하고 고요한 상태를 유지한다는 것은 자기통제의 일정한 경지에 이른 사람 특유의 개인적 태도와 내면적 규율을 말해주는 것이다. 그는 어떤 감각의 막을 쳐서 거북한 느낌을 몰아내고 더 이상 소음을 듣지 않겠다는 결단에 의하여 의식적으로 공해로부터 거리를 유지하며 어떤 상상의 힘을 발동하여 공해의 피해를 완화시키기 때문이다. 예를 들어서 '바슐라르'는 어떻게 하여 그가 사는 파리 거리에서 나는 굴착기 소리를 마음속에서 시골 고향 마을에서 듣던 청딱따구리 소리로 변화시켜 상상함으로써 그 소음을 제압할 수 있었는지를 이야기한다.

다비드 르 브르통의 『걷기 예찬』에 실린 글이다.

브르통의 글이나 우리가 길에서 느끼는 것처럼 20세기에 이 땅을 걷는다는 것은 참고 견디는 방법밖에 없는가? 매연도 거부하지 말고 보약처럼 마시며 소음도 아름다운 음악이나 풀벌레의 노랫소리처럼 들으며 걸어가는 그런 지혜를 터득하는 것, 그것이 가능한가? 길을 걷는 사람들의 가장 큰 고통이자 성찰의 원동력이다.

나는 이수아 씨에게 이렇게 말했다.

"어차피 나그네는 길에서 하루 종일을 보내야 하므로 매연도 보약이라고 여기지 않으면 걸어갈 수가 없어요. 그래서 니체의 운명애가 있지요."

인간의 위대성을 나타내는 나의 공식은 운명애運命愛이다. 필연적인 것은 감내堪耐하고 사랑해야 한다. 이제부터 나는 긍정하는 자가 되고자 한다. 나의 유일한 부정은 눈길을 돌리는 것이 될 것이다. "소음이나 매연을 거부할 수 있는 방법이 없으니 매연도 몸에 좋은 보약이라고 여기며 달게 받아들이고 소음도 감미로운 음악이라고 여기세요." 이 무슨 억지 춘향 같은 이야기인가? 하지만 달리 다른 길이 없지 않은가?

가장 중요한 것은 나그네는 어떤 환경이건 달게 받아들이는 것인데 그런 면에서 중국의 '명료자'에게 그 비법을 전수받을 만하다.

지난날엔 나도 관원이었지만 지금은 몇 권의 서책 외엔 돈도 재물도 없는 몸일세. 처음에 나는 이 서책을 가지고 방랑의 길을 떠났으나 물의 정령에게 시기를 받을까 염려되어 그것마저 물속에 던져버렸네. 지금은 다만 천애(天涯)의 재물이라곤 이 몸 하나뿐일세. 내 신변은 매우 한가하고 고요하며, 심신의 무거운 노고 없이 경쾌한 오늘날, 인생의 낙은 내가 살아 있는 동안 계속될 것이 아니겠는가. 표주박 하나, 옷 한 벌로 가고 싶은 곳은 아무 데나 가고 자고 싶은 곳에서 자며, 주는 것은 무엇이든지 받는단 말일세. 어느 곳에서 자더라도 주인의 일은 일체 묻지 않고 그곳을 떠날 때에도 내 이름을 대는 법이 없지, 추위 중에 떠나도 외롭지 않고, 시끄러운 무리 속에 끼어도 그 때문에 내 마음이 물드는 법이 없지. 그러므로 내 방랑의 목적은 역시 도(道)를 배우려고 하는 것밖에 없네.

참다운 여행을 두고 명료자는 "여행이란 귀와 눈[耳目]을 열고 혼魂을 활짝 펼치기 위하여 하는 것이다"라고 하였고, 김성탄은 "가슴속의 색다른 재주와 눈썹 밑에 기발한 눈이 필요하다"고 하였다. 마음에 있는 것 모두 다 비우고, 그리고 다가오는 모든 것들을 다 받아들이고 떠날 수 있는 여행이라면 얼마나 좋을까?

길에서 길을 잃기도 하고 길을 찾기도 한다

옛길을 걷다가 보면, 길을 잃어버리고 헤맬 때가 많이 있다. 헤매며 당황하고 있을 때 동행했던 길 친구가 나에게 "이 길이 아닌가요?" 하고 말을 건네온다. 나는 '옛길 찾기의 고수'라고 사람들에게 알려져 있는데, 부정도 긍정도 못하며 가슴앓이를 하는 내 마음이여!

땅의 길이나 인생의 길에서 길을 잃을 때가 있다. 길에서 헤매고 헤매다가 길을 찾기도 하지만 길을 못 찾고 인생을 마감하기도 한다. 「님의 침묵」의 시인 한용운의 생애도 잃어버린 길 찾기의 긴 도정道程이었다. 열네 살에 결혼했던 한용운은 열여섯 살이 되던 1896년에 부모님과 아내에게 아무런 말도 남기지 않은 채 집을 떠났다.

뜻을 품고 서울을 향하여 고향을 떠나가기는 열여섯 살이다. 그때 나는 서울이 어디 있는 줄도 모르고, 그저 서북쪽으로 큰길만 따라가면 만호장안이 나오겠지 하는 막연한 생각으로 떠났다. (중략) 노자도 지닌 것이 없었다. 그래도 내 마음은 태연하기만 했다. 서울 가는 길, 방향도 몰랐다. 그러나 다른 사람이 가리켜주겠거니 하고 퍽 태연하였다.

그러나 해는 기울고, 발에서는 노독(路毒)이 나고, 배는 고파 오장이 주리어 차마 촌보(寸步)도 더 옮기어 디딜 수 없기에 길가에 있는 어떤 주막집에 들어가 팔베개를 베고 하룻밤을 지내노라니, 그제야 이번 걸음이 무모하였구나 하는 생각이 났다.(중략)

인생이란 덧없는 것이 아닌가? 밤낮 근근자자(勤勤孜孜)하다가 생명이 가면 무엇이 남는가? 명예인가? 부귀인가? 결국 모든 것이 공(空)이 되고 무색(無色)하고 무형(無形)한 것이 되어버리지 않는가? 나의 회의(懷疑)는 점점 커져갔다. 나는 이 회의에서 끝없이 혼란해짐을 깨달았다. 에라! 인생이란 무엇인지 그것부터 알고 일하자!

–「시베리아 거쳐 서울로」 중에서

오랫동안의 여행에 지치고 기갈을 이기지 못한 한용운이 어느 길가의 주막집에서 하룻밤을 지내며 쓴 글에서 당시 그의 방황하는 심사를 엿볼 수 있다. 서울로 가던 길에 어떤 사람에게서 설악산 백담사에 법력 높은 도사가 있다는 소식을 듣고 강원도로 발길을 옮겼다. 하지만 백담사에서 도사는 만나지 못하고 오세암에서 머물며 불목하니 노릇을 하게 되었다. 그러던 어느 날 양계초梁啓超를 읽던 중에 세계 일주를 해야겠다는 생각이 들었고 만해는 곧바로 실행에 옮겼다. 그때 그가 세운 계획이 「북대륙의 하룻밤」이라는 글에 잘 나타나 있다.

그 길로 경성에 와서 보니 기대하던 세계의 지리와 사정에 다하여 대강이라도 체험담을 들을 곳이 없었다. 나의 교제가 넓지 못한 것도 하나의 원인이 되었겠지만 실로 세계적 체험을 지닌 사람이 적었던 것이다. 그리하여 나는 지도와 문자상으로 본 것을 기초 삼아서 진로를 스스로 결정하였다. 가까운 러시아로 먼저 가서 중구라파(中歐羅巴)를 거쳐 미국으로 가기로 하였으므로 원산에 가서 배를 타고 해삼위(海蔘威, 블라디보스토크)에 상륙하기로 하였던 것이다.

곧바로 실천에 옮겼으나 그의 꿈은 블라디보스토크에 도착하며 깨어지고 말았다. 그 당시 한용운의 상황을 고은 시인은 『한용운 평전』에서 다음과 같이 남겼다.

만약 이 여행의 첫걸음이 이런 좌절로 끝나지 않고, 그의 모험심대로 시베리아 횡단이 실현되고, 중구, 서구를 지나서 대서양을 횡단, 미주로 건너갈 수 있었다면 그의 운명은 전혀 다른 표현으로 확대되었을 것이다. 그의 여행은 그 여행에서 반드시 돌아온다는 보장이 확정되어 있지 않은 탐구의 기행이었다.

아마도 제정러시아가 혁명 소비에트로 바뀔 때까지 모스크바에 체류하였더라면 그는 조선공산주의 지도자가 되었을 것이고, 그가 파리에 있었다면 아주 세계적인 근대철학을 갖추었을 것이다. 또한 그가 미국에 건너갔다면 이승만 이상의 국부적(國父的) 독립운동가가 되어서 극동의 한 정치지도자로서 성장했을 것이다.

한 나라의 역사나 개인의 역사도 가정이 없는 것이라서 만해의 세계 일주는 좌절되었다. 하지만 한용운의 좌절은 곧 민족시인이자 독립운동가의 탄생을 예고하고 있었다. 기나긴 인생길에서 길을 잃고 고난의 길을 헤쳐가야만이 새로운 이상향을 발견할 수 있는데, 대다수의 사람들은 평탄한 길, 안전한 길만 찾고 있으니…….

산천을 걷는 것은 좋은 책을 읽는 것

●

숱하게 많은 사람들이 내게 '왜 걷느냐'고 묻는다. 적당한 말이 생각나지 않아서 빙그레 웃기만 할 때가 있다. 왜 걷는가? 길이 내 앞에 있기 때문에? 시간이 많이 남기 때문에? 혹은? 할 일이 없기 때문에?

나는 시간이나 돈을 좇은 것이 아니라 삶을 좇았다. 여기서 삶이란 건강지상주의자가 말하는 딱한 의미의 삶이 아니다. 그도 그럴 것이, 나의 건강은 완벽하였으며, 나는 단련된 운동선수였다. 여기서 삶이란 좀 더 참된 의미, 좀 더 넓은 의미, 좀 더 달콤한 의미의 삶으로서 유감스러운 사회의 장벽 너머에서 살아갈 때 느끼는 상쾌한 기쁨, 우울한 벽을 넘어 생동하는 상쾌한 기쁨, 완벽한 육체와 깨어 있는 정신으로 살아갈 때 느끼는 상쾌한 기쁨을 의미한다.

루미스C.F.lymmis가 『대륙 횡단 도보 여행』에서 한 말이다. 나는 걸으면서 상쾌함보다 우울함을 더 즐기지만 내가 살아 있다는 것, 내 삶이 어딘가를 향해 가고 있다는 것은 확실히 느낀다.

조선 후기의 실학자로 『북학의』를 지은 초정 박제가는 「묘향산소기」에서 산수 유람에 대해 다음과 같이 썼다.

무릇 유람이란 흥취를 위주로 하나니, 노는 것에 날을 헤아리지 않고 아름다운 경치를 만나면 머물며, 나를 알아주는 벗과 함께 마음에 맞는 곳을 찾을 뿐이다. 저 어지러이 떠들썩한 것은 나의 뜻이 아니다. 대저 속된 자들은 선방에서 기생을 끼고 시냇가에서 풍악을 베푸니, 꽃 아래서 향을 사르고 차 마시는데 과일을 두는 격이라 하겠다. 어떤 사람이 내게 와서 물었다. "산속에서 풍악을 들으니 어떻습디까?"

"내 귀는 다만 물소리와 스님이 낙엽 밟는 소리를 들었을 뿐이오."

관동대로를 따라갈 때의 일이다. 추수를 끝낸 지 오래인 논두렁에는 아직도 가을빛을 즐기는 메뚜기 떼들이 이리저리 날아오르고, 길은 끊어질 듯 끊어질 듯 이어지다가 마지막에 잠시 사라진다. 어차피 산으로 들어가야 하는데 설마 길이 없을까 하고 올라가서 잃어버린 길을 찾고 있는 사이, 우리땅걷기 회원인 안명숙 씨가 내게 "선생님 배고픈 저에게 선물 좀 주세요" 하고 말을 건넨다. 하지만 줄 선물은커녕 기력도 없다. 그래서 "오직 줄 것이라곤 나뭇잎 밟는 발걸음 소리밖에 없습니다" 하자 "아, 그래서 내 마음속에 그 나뭇잎 밟는 소리가 들려왔군요" 하고 되받는다.

이렇듯 산천을 답사하다가 보면 또 다른 생각, 또 다른 이야기들이 불쑥 만들어지는 것, 그것이 산천유람의 매력이다.

"산천을 걷는 것은 좋은 책을 읽는 것과 같다." 옛 사대부들의 산천 유람관이다. 그렇다. 스토아학파처럼 살아라. '걸으면서 배운다.'

개에 대한 회상

집을 나서면 조선 팔도 어디서나 무수한 개들과 만난다. 내가 관심을 기울이지 않는데도 맹렬하게 나를 향해 짖기도 하고, 빨간 불 파란 불 의식하지 않은 채 4차선 도로나 8차선 도로를 어슬렁어슬렁 지나가는 개. 세상 정세와는 무관하게 살아가는 개를 보면 세상에 그처럼 자유롭게 사는 동물도 흔하지 않은 것 같다.

삼남대로를 홀로 걸어가는데 한번은 이런 일이 있었다. 세상의 발길이 끊긴 절대 오지를 걸으며 외롭다고 생각될 때, 그 고요한 정적을 깨고 어디선가 개 소리가 들려왔다. 강진에서 영암으로 넘어가는 고개인 누릿재를 넘어가다가 월출목장에 이르렀을 때다. 느닷없이 나를 향해 짖어대는 개들, 그것도 한두 마리가 아니고 수십, 수백 마리의 개들이 사람이 만들어 놓은 철창 안에서 나를 보고 결사적으로 짖고 있었다. 자세히 바라보니 개 사육장이었는데, 그것도 하나같이 우리나라 토종 똥개가 아닌 외래종이다.

그때의 상황을 나는 휴머니스트에서 펴낸 『삼남대로』에 다음과 같이 실었다.

우리들의 어린 시절, 마을 골목마다 아무렇게나 싼 개똥이 발에 밟혀도 누구 하나 눈살을 찌푸리지 않았다. 그뿐만이 아니었다.

화장실을 가지 못하는 어린아이가 똥을 누면 집에서 키우는 개들이 행여나 다른 놈에게 빼앗길세라 잽싸게 달려와서 냉큼 주워 삼켰다. 심지어는 어린아이 궁둥이 밑까지 넘보다가 어른들의 고함벼락을 맞고서야 줄행랑치던 그 개들. 진돗개나 풍산개 같은 이름난 개는 본 적도 없던 그 시절에는 모든 개의 이름이 '워리'나 '메리' 그리고 '쫑'으로 통일되어 있었다. 어쩌다 조금 모양새 있게 지으면 '복실이' 또는 '언년이' 등이었다.

불과 몇십 년 전만 해도 우리 주변을 어슬렁거리던 똥개들. 그 똥개들은 집에서는 엄연한 식구였다. 집을 지키는 것이 똥개들의 몫이었고 심심하거나 무서움을 잘 타는 주인에게는 절친한 친구이자 경호원이었다. 그뿐이 아니었다. 고기맛을 보기 어려웠던 서민은 똥개를 잡아 단백질을 섭취했는데 특히 환자들에게는 절대적으로 필요한 회복식품이기도 하였다.

그런데 아무리 생각해도 불가사의한 것이, 불과 수십 년 전만 해도 그렇게 흔했던 토종 똥개가 어느새 신기루처럼 사라졌다는 점이다. 그러고는 외래종 개들이 쇠창살에 갇힌 채 집을 지키면서 악을 써대며 짖고 있는 것이다. 똥개는 맛이 좋아서 다 잡아먹었기 때문이라고 우스갯소리를 하는 사람도 있지만 그보다는 크기가 작아 채산성이 맞지 않아 사라졌을 것이라고 한다.

말티즈, 시츄, 슈나우저 등의 애완견들이 우리나라에 와서 왕자나 공주 대접을 받는 사이에 우리의 분신이나 다름없던 그 많던 똥개들은 사라지고 말았다.

지금은 이름도 알 수 없는 외래종 개들이 이 깊숙한 산골마을에까지 와서 국토를 지키고 있다. 그 개들도 나중에는 토실토실 살이 쪄서 미식가들이 즐겨 먹는 보신탕이 되겠지만……. 그런데 이 나라 어디건 간에 가리지 않고 어슬렁거리던 그 많던 똥개는 다 어디로 갔을까? 다른 토종들, 즉 곡식 종자, 꽃, 물고기, 나무 등은 유독 토종이네 뭐네 하면서 보호하겠다는 사람이나 단체는 많지만 정작 토종 똥개는 사라지고 만 것이다. 지금부터라도 누가 토종 똥개를 연구하거나 대량으로 사육한다면 괜찮은 일일 텐데, 누가 그렇게 중차대한 일에 뛰어들까?

그런데 개들이 진짜 무섭게 덤벼든다. 일본 속담에 '제집 앞에서 짖지 않는 개 없다'는 말이 있지만, 저렇게 난리가 아닌 개들이 쇠사슬에서 풀려난다면 내가 과연 제대로 이 길을 통과할 수 있을까 싶기도 하지만 화부터 치밀어 "야, 개새끼들아!" 하면서 생각하니 윤동주 시인의 시 구절이 떠올랐다.

지조 높은 개는 어둠을 보고 짖는다.

그렇게 나를 보고 개들이 짖는 이유는 내가 어둠이라 그러는 것이냐 하고 화를 내도 악을 쓰며 짖는 개, 그 짖음이 나를 반기는 것이었는가, 아니면 자유를 박탈한 인간에 대한 증오란 말인가? 생각하며 하염없이 넘었던 고개, 그 누릿재…….

할 말과 음식은 조금씩 남겨두고

다산 정약용의 아버지 정재원丁載遠이 금강산에 놀러 갔을 때의 일이다. 어떤 고을에 이르러 그곳의 군수와 이야기를 하고 있었다. 아전이 와서 손님이 왔다고 아뢰는데, 알고 보니 군수의 가난한 친구였다. 아전의 안내에 따라 친구는 군수를 만났다.

군수가 콧날을 찌푸리고 고개를 저으며 괴롭다고 하고서 문을 열었다. 그러나 손님이 들어오자 기쁜 표정을 하고 관대하게 대접하면서 우스개와 농담을 거리낌 없이 했다. 군수의 행동은 마치 가을 서리와 봄날의 볕이 잠깐 사이에 오고가는 듯했다. 다산의 아버지는 이런 것을 좋아하지 않았으므로 군수에게 다음과 같이 경고했다.

가난한 친구를 대하는 방법은 제일 좋은 것이 겉과 속이 기뻐하는 것이고, 그 다음이 겉과 속이 담담한 것이고, 제일 나쁜 것이 마음속으로는 싫어하면서 겉으로는 기쁜 체하는 것이다. 마음에 싫을 때는 돌이켜 반성하며 자신의 심기를 화락(和樂)하게 하여 기쁜 모습을 나타내는 것도 제일 좋은 방법과 공히 같은 것이다.

또 다산의 아버지는 다른 사람들의 부인을 이러쿵저러쿵 비판하는 것을 싫어했고, 평생에 남의 집의 은밀隱密한 것에 대해서는 아예 입을 떼지 않았다. 어느 날 다산에게 이렇게 말했다고 한다.

어떤 자리에서 혹시 어떤 사람이 남의 은밀한 것에 대해서 이야기하면, 저절로 흥미가 없어져서 더 이상 못하고 코를 골며 잠이 들게 된다. 내가 그런 이야기를 기억하는 것이 있으면 나도 말하지 않을 수는 없지만, 내 마음속에는 진실로 하나도 남아 있는 것이 없다.

"말로써 말이 많으니 말 말을까 하노라"라는 시 구절이 있다. 할 말은 하되 해야 할 말만 하고, 되도록 할 말은 조금 남겨두는 것이 좋다.

음식을 대할 때도 마찬가지다. 욕심껏 채우는 것이 아니라 늘 조금 남겨두고, 그렇게 산다면 얼마나 좋을까?

우리땅걷기 도반들이 내게 자주 하는 말이 있다. "선생님, 이렇게 장거리 도보답사를 자주 나와 정말로 많이 걷는데 왜 살이 안 빠지지요." 그때마다 나는 있는 그대로를 말해줄 수도 없고 난감하다. 사실 우리나라 도처를 돌아다니다가 보니 고장마다 음식이 다르므로 식욕이 당긴다. 어디 그뿐인가, 그 많은 길을 두 발로 후여후여 걸었으니 얼마나 음식이 맛있겠는가? 맛도 있고 시장하니까 음식만 보면 더 먹고 나중에 부대끼는 것이 거의 습관화가 되었는데, 살이 눈에 띌 만큼 빠지겠는가?

대충 목욕을 하고 밥을 먹긴 먹었는데 배가 고프다는 핑계로 조금 더 먹었는지 속이 편치를 않다. 사람이란 원래 그렇다. 조금만 더 먹어도 힘들고 조금만 덜 먹어도 배겨내지를 못하는 것이다. 매일 힘겹게 걷는다는 핑계로 밥을 많이 먹다 보니 늘 속이 부대낀다. 언제 식당을 찾아 밥을 먹게 될지 모르기 때문에 음식이 눈앞에 있을 때 좀 더 먹자는 심리가 발동하는 것이다. 그래, 열나흘간 길을 걸으며 터득한 도(道)가 고작 밥만 많이 먹는 법이란 말인가? 동학(東學)에서는 밥이 생명이고 밥이 '한울'이라 했다지만 밥을 조금만 먹어도 아니, 안 먹어도 괜찮아야 하는데, 나는 이렇게 시도 때도 없이 많이 먹고서 후회하곤 하니 한심하기 짝이 없는 노릇이다.

하지만 중국에는 "밥통만 채워진다면 만사가 안성맞춤"이라는 말도 있고, "마음으로 통하는 으뜸가는 길은 밥통이다"라는 속담도 있다. 중국의 한 시인은 "포식한 위야말로 위대하도다. / 그 밖의 것이야 있으나 마나!"라는 시를 남겼지 않은가? 임어당 역시 "내게 있어서는 행복이란 주로 밥통의 문제"라고 하면서, "따뜻한 옷, 포식, 침침한 규방, 요염한 아름다움"에서 중국인의 행복에 대한 관념을 풀이했다.

그렇게 생각하다 보니 세상의 모든 것이 먹고사는 것에서 자유스러운 것이 하나도 없고 그중에 먹는 것이야말로 필요불가결한 것임을 알 수는 있다. 하지만 중요한 것은 너무 먹는 것에 매달리지 않았는가 하는 자괴감이다. "필요는 부끄러움을 모른다"는 말에 잇대어 필요치 않은 필요가 건강을 망칠 것 같다는 우려로 다가온다.

『영남대로』에 썼던 글이다.

음식을 남기는 것은 오래전부터 실천하고 있는 편이다. 하지만 할 말을 조금 남겨두는 것이 쉽지 않다. 그래야 세상이 편하다는 것을 알면서도 저녁 내내 모래성만 쌓고 있는 것이다. 우리 모두 그렇지 않은가?

자기의 비밀을 자기만 모른다

이틀 동안 경상도 함양의 안의 일대와 지리산 그리고 거창 일대를 걸었다. 그 찬란한 화림동 계곡과 안의 뒷산에서 바라본 안의의 고즈넉한 풍경, 그리고 수승대 일대의 겨울 경관이 눈에 잡힐 듯 선하다.

평생 답사를 다니다 보니 이런저런 일로 여럿이 자는 경우가 많다. 잠을 자다가 보면 어떤 사람의 표현대로 '저녁 내내 개구리 우는 소리 때문에' 잠을 못 자는 경우가 많다. 특히 봄밤에 개구리들이 짝짓기하는 시절에는 더더욱 요란스러워서 한숨도 못 잘 때가 있다. 코를 골고 이를 갈고 잠꼬대를 하고, 저마다 다른 방법으로 또 다른 일을 하는 시간인데 가장 흔한 것이 코를 고는 것이다. 어떤 때는 교향악단이 저마다의 악기를 마음껏 연주하는 경우도 있고, 어떤 때는 독주곡처럼 혼자서 밤새워 연주를 하는 경우도 있다.

그렇게 드르렁드르렁 거리다가 어느 순간에는 마치 숨이 넘어갈 것처럼 드세어져 절정에 이르고 난 뒤 긴(?) 정적의 시간의 찾아온다. 그런데 그 시간이 길어지면 오히려 걱정이 된다. 일어나 불안한 마음으로 옆 사람을 바라보고 있으면 '푸' 하고 숨을 내쉬는 소리, 그때의 안도감. 이것이 답사

중의 진풍경이며 일상적으로 일어나는 일종의 재미난 일상이다.

그런데 재미난 것은 한두 사람도 아니고 여럿이 골았으며 그중 가장 소리 높여 골았던 사람이 일어나자마자 옆 사람을 삿대질하며 "내가 당신 코고는 소리 때문에 잠을 못 잤잖아?" 하는 것이다. 그러면 그 옆 사람이 "죄송합니다. 제가 원래부터 코를 많이 곱니다" 하며 머리를 긁적거리는데, 내가 "당신이 그 사람보다 더 많이 골았다"고 말할 수도 있지만 그저 빙긋이 웃고 말 때가 더러 있다.

그런 불평이 나올 때마다 하는 말, "코를 안 고는 사람은 푹 잠을 자지만 코를 고는 사람은 저녁 내내 그 코를 고느라고 얼마나 고생이 많겠는가." 하여간 나그네로 떠돌아다니다 보면 별 재미난 일을 많이 겪는데 그 재미가 쏠쏠하다.

조그만 아이가 뜰에서 놀고 있었는데, 갑자기 귀가 울리자 맥없이 웃으며 즐거워했다. 그래서 이웃의 아이에게 귓속말을 하였다. "너 이 소리를 들어봐라. 내 귀에서 생황 부는 소리가 마치 병처럼 동그랗게 들린다."

이웃집 아이가 귀를 맞대고 아무리 들어보려 했지만 끝내 아무소리도 듣지 못했다. 그러자 그 아이가 안쓰러워하면서 소리를 질렀다. 남이 듣지 못하는 게 안타까웠던 것이다.

내가 한 번은 시골 사람과 함께 잠을 자는데, 그는 드르렁드르렁 코를 골았다. 게우는 소리 같기도 하고, 휘파람 소리 같기도 했다. 불이 붙는 것 같기도 하고, 솥에서 물이 끓는 것 같기도 하며, 빈 수레가 덜컥거리는 것 같기도 했다. 들이쉴 때에는 톱을 켜는 소리를 내다가 내쉴 때에는 돼지소리를 냈다. 옆 사람이 잡아 일으켜 세우자, 그가 불끈 성을 내면서 말했다.

"나는 코를 곤 적이 없소."

아아, 자기 혼자만 아는 것은 언제나 남이 몰라주어서 걱정이고, 자기가 깨닫지 못하고 있는 것을 남이 먼저 일깨워주는 것도 싫어한다.

어찌 코나 귀에만 이런 병이 있으랴. 귀가 울리는 것은 병이 아닌데도 남이 몰라준다고 걱정했으니, 하물며 병이 아닌 것이야 말해 무엇하랴. 하물며 병을 일깨워주었다면 어찌했으랴.

그러므로 이 책을 보는 사람들이 기왓장이나 조약돌 같이 내버리지 않는다면, 화가의 붓끝에서 극악무도한 도둑의 텁수룩한 대가리가 살아나올 것이다. 귀가 울리는 것을 듣지 않고 코고는 것을 일깨워준다면, 작가의 뜻에 거의 가까운 것이다.

안의현감을 지냈던 연암 박지원의 「공작관문고자서孔雀館文稿自序」에 실린 글이다.

자기를 잘 알 것 같지만 가장 잘 모르는 것이 알고 보면 자신이다. 피곤하면 대부분의 사람들이 크건 작건 간에 코를 곤다.

'외로운 나그네는 그림자가 동행한다'라는 속담과 함께, '돈 없는 나그네, 주막 지나듯 한다'는 속담도 있다. 길 떠난 나그네가 지녀야할 가장 큰 덕목이자 행운은 '남의 코고는 소리도 자장가처럼 들을 수 있다는 것, 하루 종일 수많은 거리를 걷고 배부르게 먹고 등 따시게 잠을 잘 수 있다는 것 그리고 내일도 걸을 수 있는 튼튼한 다리와 먼 길이 예정되어 있다는 것. 그것만을 행복이자 다행이라고 여겨야 한다.

그렇게 "가자, 아픈 몸이 아프지 않을 때까지"라 생각하며 걷다 보면 밤에 들리는 모든 소리들이 가인嘉人이 가을 창가에서 부르는 세레나데처럼 감미롭게 들리지 않을까?

불안의 정체

•

떠나는 것에는 이런저런 이유가 있을 수 없다. 그냥 떠나는 것이다. 그런데도 그 떠남의 이유나 당위성을 남들에게 혹은 자기 자신에게 확인시키려 한다.

나 역시 좋아하는 몇 사람과 함께 떠나기도 하고, 답사팀을 따라가기도 하고 그냥 무작정 떠나거나 억지로 끌려가다시피 따라갈 때도 있다. 이유가 어쨌든 떠나는 것은 떠나는 것이다.

미지의 것에 대한 두려움이나 걱정 때문이 아니라, 무언가 소중한 것을 남겨두고 떠나는 듯한 이 연연함. 사실은 언제나 떠날 때면 이런 심정이었을 것이다. 다만 그것을 의식하느냐 못하느냐의 차이 때문에 홀가분해지기도 하고 무거워지기도 한다. 내게 있어 일상적인 여행은 무엇이고 떠난 뒤에 남을 그 불안의 정체는 무엇일까?

프란츠 카프카는 『아포리즘』에서 불안不安의 정체를 다음과 같이 설명하고 있다.

나는 여행에 대한 불안이 있다. 물론 여행이 불안한 게 아니라 모든 변화에 대한 불안함이다. 점점 크게 변화하면 할수록 불안 또한 더 커진다. 하지만 내 삶을 지극히 작은 변화에만 제한한다면, 사람은 물론 그것을 허락하지 않는다. 결국은 나의 방에 있는 책상 하나를 옮기는 것이 게오르겐탈(Gecrgentar)로 여행하는 것보다는 편할 것이다. 물론 가장 근본적인 것은 죽음에 대한 불안이다.

한편으로는 신이 나를 주목하는 것(나의 말에 귀 기울이는 것)이 불안하다. 내가 나의 방에서 계속 생활하고 있고, 하루하루 규칙적으로 다른 날처럼 지나가고, 일은 매일 진행되고 있고, 신의 손은 기계적으로 고삐를 잡는다. 아주 아름답다. 하지만 이제 이 아름다운 진행형을 버리고, 자유로이 짐을 들고 정거장으로 간다. 세상은 혼란으로 가득 차 있는데, 사람들은 자기 내부에 있는 혼란밖에 아무것도 알 수가 없다. 그것은 무시무시한 불안이다.

일상으로 돌아오기 전까지, 한번 길을 떠난 사람은 어딘가 정착하지 못하고 떠도는 중일 것이다. 떠돌면서 우리들의 생이 어떻게 변모할지 어느 누구도 알 수가 없다. 안정과 불안의 경계를 넘나드는 시간이 흐르고 다시 돌아올 때, 우리의 일상은 어느 지점에서 우리를 기다리고 있을 것인가? 카프카는 다시 "세상은 도처에 위험이 가득 도사리고 있다"고 속삭이는데…….

저마다 나름대로의 운명이 있다

이것은 보낼 수 있는 분량의 한도 내에서 당신을 싸서 묶은 것입니다. 이것을 묶은 다음 아직 우체국의 창문에 올려놓지 않았어도 이미 내게 있는 것은 아닙니다. 쌀 때에 느낀 나의 아쉬움이나 끄를 때에 얻는 당신의 반가움은 본디 이 품질과 분량에는 아무런 관계가 없습니다.(중략)

김상옥 시인의 「소포」라는 시의 일부분이다.

이 시 구절처럼 작가가 출판사에 원고지를 넘기는 순간 그 책은 이미 저자의 것이 아니다. 그 원고가 편집자의 손을 거쳐 책으로 만들어진 뒤 세상으로 나가는 것은 결국 일엽편주로 대양을 헤쳐나가는 것과 같다. 그러한 상황을 니체는 『인간적인 너무나도 인간적인』에서 '책은 거의 인간화된다'라고 표현했다.

작가는 책이 자신으로부터 떨어져 나가자마자 스스로 독자적인 삶을 영위해나가는 것에 새롭게 놀란다. 그것은 마치 곤충의 일부가 절단되면 그때부터 그것이 제 길을 가는 것과 같은 기분이다. 아마도 작가는 책에 대해서는 거의 완전히 잊고 있을 것이며, 그 책에 쓰인 견해를 초월해 있을 것이다. 또한 그것을 더 이상 이해하지 못할 것이며, 그 책을 생각하던 그때 그가 타고 날아갔던 그 날개를 잃어버렸을 것이다.

그런데 그 책의 독자는 그 책을 찾아내 생명의 불을 붙이고, 기쁘게 하고, 놀라게 하며, 새 작품을 제시해 보여주고, 목적과 행위를 갖는 영혼이 된다. 간단히 말해서 그것은 정신과 영혼이 부여된 존재처럼 살면서도 인간이 아닌 것이다.

자기 내부에 있었던 만큼의 생명을 낳든가 힘을 돋우든가 공유하든가 계몽하든가 하는 사상과 감정은 모두 자신의 저술 속에서 삶을 계속 영위하며, 자신은 그저 묵은 잿더미에 지나지 않지만, 그 불이 도처에서 되살려져 옮겨지고 있다는 것을 노년에 말할 수 있는 작가는 가장 행복스런 제비를 뽑은 것이다.

그런데 비단 책에서 뿐만이 아니라 인간의 모든 행위도 어떤 방법으로든 다른 행위와 결심과 사상의 원인이 된다는 것, 생성되는 것은 반드시 생성되어야 할 모든 것과 서로 단단히 뒤얽혀 있음을 고려한다는 것은 실제로 존재하며 움직이고 있는 불멸성을 인식하는 것이다. 한 번 움직이기 시작한 것은 호박(琥珀) 속의 곤충처럼 모든 존재자의 총체 구속 속에 갇혀 영원화되는 것이다.

책도 '독자적인 생명력을 지니고 삶을 살아간다는 말', 그 말은 맞다. 수없이 쏟아져 나온 책 중에 어떤 책은 운이 좋아서 출판사의 사랑과 독자들의 사랑을 흠뻑 받고서 세상이라는 대양을 마음껏 헤엄치고 날아다니지만 그렇지 못한 운명의 책은 나오자마자 사람들에게 선보일 사이도 없이 사장되기도 한다. 살다가 터득한 지혜 하나, 한 권의 책은 저자와 출판사의 의도와는 다른 저마다의 운명을 타고난 것이라서 제 나름대로의 길을 간다는 것. 저자나 출판사가 속수무책일 때가 더 많은 것이 대부분의 책들의 운명이다.

일례를 든다면 세기의 철학자 니체는 『짜라투스트라는 이렇게 말하였다』 제1부를 출판해줄 사람을 못 찾아 40부를 자비로 찍었다. 그중 팔린 것은 일곱 부고 나머지는 사람들에게 증정했는데 어떤 사람으로부터도 고맙다는 말 한마디 듣지 못했다고 한다.

"책도 사람의 경우와 같다. 소수小數가 큰 역할을 하고, 그 나머지는 대부분 패배한다." 프랑스의 철학자인 볼테르의 『철학적 사전』에 나오는 말이다.

도대체 좋은 책이란 어떤 책을 말하고 나쁜 책은 어떤 책을 말하는 것일까? 많이 팔리는 책? 아니면 많이 팔리진 않았지만 작가가 가장 사랑하는 책?

내가 모르는 나의 벽(癖)

•

벽(癖)이 없는 사람은 버림받은 사람이라고 할 수 있다. 벽(癖)이란 글자는 질병과 치우침으로 구성되어 편벽된 병을 앓는다는 의미가 된다. 이렇듯 벽은 편벽된 병을 의미하지만, 고독하게 새로운 세계를 개척하고 전문적 기예를 익히는 일은 오직 벽을 가진 사람만이 가능하다.

김군은 늘 화원으로 날쌔게 달려가서 꽃을 바라보며 하루 종일 눈 하나 까딱하지 않는다. 꽃 아래 자리를 마련하여 누운 채 꼼짝하지 않고 손님이 와도 말 한마디 건네지 않는다. 그런 김군을 보고 미친놈이 아니면 바보라고 여기며 손가락질하고 비웃는 사람이 한둘이 아니다. 그러나 그를 비웃는 웃음소리가 미처 끝나기도 전에 그 웃음소리는 공허한 메아리가 된 채 생기가 싹 가시게 될 것이다.

김군은 만물을 스승으로 삼고 있다. 김군의 기예는 천고(千古)의 누구와 비교해도 훌륭하다. 〈백화보〉를 그린 그는 '꽃의 역사'에 공한한 공신의 하나로 기록될 것이며, '향기의 나라'에서 제사를 지내주는 위인의 하나가 될 것이다. 벽의 공훈이 참으로 거짓이 아니다!

아아! 벌벌 떨고 게으름이나 피우면서 천하의 대사를 그르치는 위인들은 편벽된 병이 없음을 뻐기고 있다. 그런 자들이 이 그림을 본다면 깜짝 놀라고 말 것이다.

을사년(1783) 한여름에 초비당(苕翡堂) 주인이 쓴다.

초정 박제가의 글이다.

국어사전에 벽癖은 '굳어져서 고치기 어려운 버릇, 무엇인가를 치우치게 즐기는 병, 방랑벽放浪癖'이라고 실려 있다.

그렇다면 나의 진정한 벽癖은 무엇일까? 글자를 알고부터 지금껏 물리지 않고 읽는 책? 떠나도 떠나도 다시 떠나고 싶은 답사? 자주 마시는 커피나 콜라? 그나마 도벽이나 노름벽 또는 주벽酒癖이 아니라서 다행이기는 하지만 내게도 여러 많은 벽이 있다. 이것이 다행스러운 일인지, 아니면 우려할 만한 일인지는 모르겠다. 분명한 것은, 나를 끊임없이 길 위에 서게 했던 이 방랑벽이 나를 내 삶의 주인으로 살게 했고 지금의 나를 있게 했다는 것이다.

사람들은 사물에 대해서 저마다 벽(癖)이 있다. 벽은 병이다. 그러나 군자(君子)도 평생 동안 흠모하는 것이 있으니, 거기에 지극한 즐거움이 있기 때문이다. 지금 저 오래된 옥(玉)이나 솥, 필산(筆山, 쓰던 붓을 얹어놓는 용구), 벼룻돌 같은 것들은 세상 사람들이 모두 보관해두고 좋은 노리갯감으로 삼는 것들이다. 하지만 제대로 감상할 줄 아는 사람들은 그러한 것들은 그저 한 번 어루만져보고 만다.

그런데 구슬이나 돈처럼 이익이 있는 곳이라면 사람들은 천리를 마다하지 않고 발이 부르트도록 찾아다닌다. 그것을 구할 때면 산을 샅샅이 뒤지는가 하면 바다에 뛰어들기도 하고, 무덤을 파 관을 쪼개기도 하는 등 스스로 몸을 가볍게 여기고 죽음과 삶을 넘나든다. 그러나 충족시키고 난 다음에는 화(禍)가 따르기 마련이다. 이에 반해 취하고도 화가 없으며 소장하여도 끝이 없는 것은 오로지 서책(書册)뿐이다.

조선 후기에 영의정을 지냈던 남공철이 지은 「책 사 모으기」라는 글이다.

저마다 다른 이야기가 있는 책들, 내가 어느 날 문득 사라져도 남겨질 나의 흔적 중 하나가 책일 것인데, 책을 사는 것도 병이라면 책을 너무 많이 보는 것도 병이리라. 그러나 평생을 사 모았어도 물리지를 않고, 평생을 읽었어도 항상 기이함과 새록새록 솟아나는 즐거움을 주는 것은 책뿐일 것이다.

요즘 사람들이 기를 쓰고 사 모으는 아파트나 땅, 채권, 주식과 같은 것들은 도박처럼 항상 아슬아슬하고 두근두근해서 재미가 있을지 모른다. 하지만 이는 몸의 양식이 될 수 있을지는 모르나 돈에 얽매일수록 사람의 마음을 빈곤하게 한다.

그와 달리 책은 오래된 친구처럼 또는 새로 만나는 가슴 설레는 친구처럼 무색무취의 진기한 맛을 깨우쳐주고 어두운 세상을 밝히는 등불이 되기도 한다.

내가 가진 큰 벽 중의 하나가 아직도 책에서 벗어나지 못하는 것이리라. 고쳐질 것 같지 않은 나의 벽癖을 그저 운명이라고 여기고 살아갈까? 죽기 아니면 까무러치기로 한 번 바꿔볼까? 생각에 생각만 앞설 뿐이다.

내 집에 있어도 손님이라니

•

나는 본래 몸이 비대하여 더위가 괴로울뿐더러, 여름이면 풀과 나무가 무성하여 푹푹 찌고, 모기와 파리가 들끓고, 무논에서는 개구리울음이 밤낮으로 그치지 않을 것을 걱정하였다. 이 때문에 매양 여름만 되면 늘 서울 집에서 더위를 피하는데, 서울 집은 비록 지대가 낮고 비좁았지만 모기, 개구리, 풀, 나무의 괴로움은 없었다.

여종 하나만이 집을 지키고 있었는데, 문득 눈병이 나서 미친 듯이 소리를 지르더니 주인을 버리고 나가버려서 밥을 해줄 사람이 없었다. 그래서 행랑 사람에게 밥을 부쳐 먹다 보니 자연히 친숙해졌으며, 저들 역시 나의 노비인 양 시키는 일 하기를 꺼리지 않았다. 고요히 지내노라면 마음속엔 아무 생각도 없었다. 가끔 시골에서 보낸 편지를 받더라도 '평안하다'는 글자만 훑어볼 따름이었다. 갈수록 등한하고 게으른 것이 버릇이 되어, 남의 경조사에도 일체 발을 끊어버렸다. 혹은 여러 날 동안 세수도 하지 않고, 혹은 열흘 동안 망건도 쓰지 않았다. 손님이 오면 간혹 말없이 차분하게 앉아 있기도 하였다. 그러다 땔나무를 파는 자나 참외 파는 자가 지나가면, 불러서 그와 함께 효제충신(孝悌忠信)과 예의염치(禮義廉恥)에 대해서 이야기했는데, 느릿느릿 하는 말이 종종 수백 마디였다. 사람들이 간혹 힐책하기를, 세상 물정에 어둡고 얼토당토아니하며 조리가 없어 지겹다고 해도 이야기를 그칠 줄을 몰랐다. 그리고 집에 있어도 손님이요, 아내가 있어도 중과 같다고 기롱하는 사람도 있었지만 그럴수록 느긋해지며, 바야흐로 한 가지도 할 일이 없는 것을 스스로 만족스러워했다. (중략)

자다가 깨어 책을 보고 책을 보다가 또 자도 아무도 깨워주는 이가 없으므로 혹은 종일토록 자기도 하고, 때로는 글을 저술하여 의견을 나타내기도 하였다.

위의 글은 박지원이 조선 후기의 문장가이자 정치가였던 이서구에게 화답한 글이다.

내 집에 있어도 손님이라니, 대체 집이란 무엇인가?

홍귀달(洪貴達)의 집이 남산 밑에 있었다. 그 언덕에다가 초가로 정자를 만드니 세로와 가로가 겨우 두어 발(丈)이었다. 허백당(虛白堂)이라 이름을 써 붙이고 매양 퇴근하면 복건을 쓰고 여장을 짚고 그 안에서 읊조리며 마치 세상을 잊은 것 같았다. 파직된 뒤로는 더욱 세상일에 관계하지 않았다. 그의 시 한 구절에는 '산비 솔바람에도 역시 시끄러움을 싫어하노라' 하였다. 그러나 때로는 친구들이 그의 풍채를 흠모하여 모여드는 이가 많아 즐거이 상대하여 술상을 벌여놓고 회포를 풀며 시를 읊었다.

보는 사람들은 그가 정승을 지낸 귀인인 줄 몰랐다. 평생에 남과 눈 한 번 흘긴 일이 없으나 다만 국사에 대해 말할 것이 있으면 침묵하지 않았다. 자제들이 때로, "왜 좀 참으셔서 집안 식구들을 생각하지 않으십니까?" 하였다. 그는, "내가 역대 조정에서 두터운 은혜를 입었고, 또 이미 늙었으니 지금 죽은들 무엇이 아까우냐"고 말하며 끝내 고치지 않았다.

『연려실기술』 '연산' 조 '고사본말'에 실린 글이다.

그런데 그 당시 세상에 떠도는 소문이 있었다. 한양의 남산에 구만 구천구백아흔아홉 칸이란 상상을 초월하는 호화주택이 있다는 것이었다. 그 소문은 팔도에 떠돌았다. 그래서 지방 사람들이 서울에 오면 그 집을 구경하고자 남산을 헤매고 다녔다. 그러다 그 집을 발견하고선 실망이 컸다. 왜냐하면 그 집이 판서를 지낸 홍귀달의 집인데, 허백당虛白堂이란 당호가 붙은 단칸 초막이었기 때문이다. 홍귀달은 그 단칸방에서 구만 구천구백아흔아홉 칸에서 하는 생각을 할 수 있다고 여겼고, 그의 생각이 사람들의 입에서 입으로 구전되었던 것이다.

그러고 보면 홍귀달의 생각에도 일리가 있다. 마음의 크기가 작다면 집이 구만 칸인들 무슨 소용이 있겠는가. 반대로 지금 몸담고 사는 집이 작더라도 그곳에서 구만 칸의 집채만큼이나 넓고 큰 뜻을 품을 수 있다면 그 마음자리가 바로 그 사람이 사는 집이 될 수 있을 것이다.

모든 것이 마음먹기 달린 것이다. 그러나 그렇게 말하면서도 가끔은 내 주변환경이 불만족스럽거나 허전하게 느껴지는 것이 사실이다. 그럴 땐 그저 전 국토를 '우리 땅'이자 '내 땅'이라 여기고 살자. 내 집에 얽매이지 않고 산다면 관리할 것 없어 얼마나 편안한가?

'세상 물정에 어둡고, 얼토당토아니하며 조리가 없어 지겹다'는 평을 받은 박지원을 떠올리면 동학에서 말한 사람이 지켜야 할 덕德의 표준이 떠오른다.

말이 없고 어리숙하고 서툴게 산다는 것이 지금의 현실에서는 쉽지 않은 일일 것이다. 나도 한 시절 전에는 '말이 없고 어리숙하고 서툴기'가 이루 말할 수 없다는 말을 들었는데, 어느 사이에 너무 영악해지고 약삭빨라진 것은 아닌지. 문득 그런 시절과 그런 사람이 못 견디도록 그리워지지만 그 시절로 돌아가라면 다시 돌아갈 생각은 없다. 그것은 이미 내가 너무 많은 편리함에 길들어 있기 때문이고 지금 내 마음이 너무도 삭막해져 있기 때문일 것이다.

나는 지금 어디로 가고 있는가?

자신의 공정 가격을 가진다

살다 보니 나의 의지와는 상관없이 남에게 이용당할 때가 많다. 예를 든다면 누군가가 답사 진행을 청할 때, 금액을 말하지 않고 후하게 주겠다는 말만 믿고 여러 날을 따라갔다가 날일 품삯도 안 되는 푼돈을 받는 경우가 있다. 그런데 얼마를 주겠다고 약조한 바도 없거니와 설령 그렇더라도 증거물이 남아 있지 않기 때문에 '벙어리 냉가슴 앓는다'는 속담을 실감할 때가 많다.

하도 그러한 일을 많이 당하는 것을 보고 조용헌 선생이 "형님 내가 매니저 해줄까?" 하여서 같이 웃었던 적이 있다. 그래서 터득한 것이, 먼저 메일로 내용을 분명히 확인한 뒤에 결정하는 것, 그것도 쉬운 일은 아니지만 요즘엔 그러한 절차를 거치다 보니 그리 서운할 일이 생기지 않는다.

그런데 신기한 것은 요즘 사람들의 행태다. "나는 얼마짜리이니 얼마는 받아야 가겠다"고 말하는 데 거리낌이 없는 것이다. 그들의 당당함이 황당하면서도 부러운 것은 아직도 나는 그런 몸값에 둔하거나 자격이 안 되겠거니 생각해버리기 때문이다. 그렇다면 저마다의 공정가격에 대해 옛사람들은 어떤 생각을 품었을까?

자기의 실제의 값대로 세상에 통용되지 않는 사람은 자기의 공정가격을 갖지 않으면 안 된다. 그러나 통속적인 사람만이 공정가격을 갖는 것이다. 따라서 장래의 희망은 눈앞에서의 겸손이나 어리석은 불손이 낳는 것이다.

프리드리히 니체의 저서 『인간적인 너무나도 인간적인』의 '표박자漂迫者와 그 그림자'에서 '자신의 공정가격을 갖는다는 것'이라는 글이다.

이런저런 생각을 하다 보면 내가 잘하는 것은 이 세상에 별로 없고, 못하는 것만 많은데도 부끄러움도 없이 살고 있는 게 아닌가 싶을 때도 있다. 오직 잘하는 것은 두 발로 걷는 것, 그것밖에 내세울 것이 없다. 하지만 어쩌겠는가, 그것이 이 세상에 살고 있는 나의 현주소인 것을.

그중에 지금도 내가 잘못하는 것이 하나가 있다고 주변 사람들이 내게 말하는 것이 한 가지가 있다. 그것은 내가 나의 공정가격을 말하지 못하는 것이다. 그런데 내가 나의 공정가격을 어떻게 알 수 있겠으며 또 정한다 한들 어떻게 쉽게 주장하겠는가?

저마다 스스로를 위해 사는 인생길에서 그저 주어진 대로 사는 게 편하겠지만, 세상이 나의 진정성을 알아주지 않는다는 생각이 들거나 가끔씩 이용당했다는 느낌이 들 때면 조금은 웃기기도 하고 서글프기도 하다.

꺾을 만한 꽃 있으면 그 당장 꺾으시게

•

어린 시절의 습관은 나이가 들어도 변치 않는다. 나는 길을 가다가 아름다운 꽃만 보면 꺾고 싶은 충동을 느낀다. 그것은 어디에서부터 비롯된 욕심일까?

초등학교 운동회가 열리는 가을이면 우리 마을에서 학교 가는 길목에는 형형색색의 코스모스가 하늘거렸다. 가장 붉은 빛깔의 코스모스를 꺾어 손가락 안에 넣고서 아무 생각 없이 앞에 가는 아이의 하얀 메리야스 등에 온 힘을 다해 때리면 그 예쁜 꽃술까지 선명하게 박히던 기억…….

그뿐만이 아니다. 꽃을 꺾어서 손에 들고 가까이 바라볼 때 그 꽃의 오묘함은 형언할 수 없이 아름답다. 그래서일까? 나는 예쁜 꽃만 보면 무심코 꺾다가 가끔 한 소리씩 듣는다. 그때마다 궁색한 변명을 늘어놓는다. 예쁜 꽃이 누군가를 위해 피었는데 아무도 안 꺾어주면 얼마나 서운해할까? 봄이면 봄마다 피어나는 진달래와 벚꽃을 보면 이름을 알 수 없는 시인의 「비단 옷」이라는 시詩 한 편이 떠오른다.

그대 비단 옷 아끼지 말고

그대 젊은 날 꽃다운 시절을 아끼게나.

꺾을 만한 꽃 있으면 그 당장 꺾으시게.

꽃 질 때 기다렸다 빈 가지 꺾지 말게

인생도 그렇다. 그때가 호시절이었다는 것을 깨달았을 때는 이미 지나가 버린 옛날이다. 꽃이 피어 있는 시간은 잠시고, 금세 시들고 만다.

사람 또한 저마다 다른 꽃이다. 저마다 다른 형상, 저마다 다른 향기를 발산하는 꽃이다. 그 아름다움을 보여주는 시기 또한 그리 길지 않다. 봄, 여름, 가을 그리고 겨울이 어찌 그리도 빨리 지나가는지.

강물은 흘러서 천지 밖으로 사라지고

아득한 산빛은 있는 듯 없는 듯

이백의 시다.

돌아오자마자 다시 떠남을 준비한다. 공주에서 서울로 서울에서 강릉 옥계로 다시 정안 거쳐 전라도 장성으로 그리고 전주 거쳐 동해로 갈 것이다. 그 사이 세월이 쏜살같이 흐르겠지. 세월은 사람을 기다리지 않고 강물도 사람을 기다리지 않고 흘러가버리고 예쁜 꽃도 사람을 기다리지 않고 시들어버린다. 바로 지금뿐이지 않는가? 순간이 바로 그대에게 절정의 꽃인 것을.

매 순간이 다른, 여행이라는 이름

일을 위해서 여행을 할 때가 있다. 내 경우는 강연이나 답사 안내를 위한 여행이 그렇다. 차에서 차로의 이동이고 시간과 시간이 서로 자리를 바꾸는 단순한 셈법이 되는 여행……. 따분하고도 무료한 그 시간들을 견디기 위해 마련한 책들도 다 읽어버려 잠을 자거나 아니면 끝없는 공상의 바다에 빠져들거나, 싸구려로 보이는 창문 가리개를 밀치며 창밖을 바라보아야 하는 그런 여행……. 그런 여행을 경험한 다비드 르 브르통은 『걷기 예찬』에서 다음과 같이 이야기했다.

자동차는 장소와 역사 따위는 아랑곳하지 않은 채 풍경을 칼처럼 자르고 지나간다. 자동차 운전자는 망각의 인간이다. 풍경이 차의 앞 유리창 너머 멀리서 휙휙 지나갈 뿐이므로 길에 대한 감각적 마취 혹은 최면상태에 빠져서 아무것도 느끼지 못하는 것이다. 그는 다만 엄청나게 커진 눈에 불과하다. 대부분의 경우 그는 길을 가다가 멈출 여유가 없다. 그는 바쁜 사람의 전형이기 때문이다. 더군다나 국도나 고속도로는 탐사나 소요에 적당한 길이 못 된다. 사실 길가에다가 자동차를 세우면 위험을 각오해야 한다.

반면에 걷는 사람은 전신의 감각을 열어놓고 몸을 맡긴 채 더듬어가는 행로와 살아 있는 관계를 맺는 가운데 매 순간 발밑에 밟히는 땅을 느낀다. 그는 자신이 거쳐 가는 길 위의 숱한 사건들을 골고루 기억한다.

그런 자동차나 열차 여행에서도 얻는 게 있다. 무엇일까? 누군가의 말대로 '내가 지금 떠나 왔다는 것, 어딘가를 향해 가고 있다는 자각'이다.

그렇다면 옛사람들은 어떤 여행을 통해 번뜩이는 섬광과 같은 예지와 아름다움을 느꼈을까?

조선 중기의 문장가이자 유학자로 이름이 높았던 김일손金馹孫은 단양군 단성면 장회리에서 두석리로 가는 골짜기로 들어가던 때의 느낌을 이렇게 술회하고 있다.

장회원에 이르러 다시 말을 타고 길을 나서면 더욱 가경으로 접어들게 된다. 여기서 가득 버섯처럼 자라는 돌무더기를 발견했다. 산봉우리에서 봉우리를 연결한 푸른 아지랑이는 좌우와 동서를 분간하지 못하리란 말에 현혹하여 어떤 마술사의 기교와도 비교할 수 없었다. 언덕이 열리고 산협이 터지고 한 강이 가운데로 유유히 흐르는 것이 똑같이 푸르다. 강 북쪽 언덕 옆 낭떠러지 험한 곳을 수백 보 오르면 성이 있어서 사람이 숨을 만하므로 가은암(可隱岩)이다. (중략) 골짜기를 거쳐 동쪽으로 가니 산은 더욱 기이하고 물은 더욱 맑다. 십 리를 가면 협이 다되니 머리를 돌이키매 가인(佳人)을 이별하는 것 같아서 열 걸음에 아홉 번을 돌아보았다.

얼마나 아름다웠으면 김일손이 "열 걸음을 걷는 동안에 아홉 번을 뒤돌아볼 만큼 아름다운 곳"이라고 침이 마르게 칭찬을 하였을까. 영국의 시인 토머스 그레이Thomas Gray 역시 가슴 벅찬 글을 남겼다.

그랑드 샤르트뢰즈로 올라가는 짧은 여행 동안 나는 열 걸음 정도를 내디딜 때마다 억누를 수 없는 탄성을 내지르곤 했다. 그것은 단순한 절벽도 아니요 격류도 아니요 낭떠러지도 아니었다. 그것은 종교와 시를 잉태하고 있었다.

세상을 살면서 특히 여행을 하면서 그런 순간들을 많이 만난다는 것은 행운이다. 그러나 여행이 계속될수록 그런 순간을 만나는 것이 쉽지 않다. 사람도 마찬가지다.

어쩌다가 문득 한 사람, 그 스스로에게 중요한 사람을 만날 수 있을 뿐이다. 당신은 어떤 풍경을 만날 때 혹은 어떤 사람을 만날 때 마음의 문을 활짝 여는가?

먼 길 떠날 때는 눈썹도 빼놓고 가라

영남대로를 걸어갈 때의 일이다. 같이 동행했던 모 방송국의 피디들이 배낭을 아주 무겁게 꾸려왔다. 캠코더. 노트북을 비롯해 짐이 장난이 아니었다. 걱정이 되어서 그 배낭 메고 잘 걸을 수 있겠느냐고 물었더니 "걱정 마세요, 우리들은 백두대간도 끝냈는데요" 하는 게 아닌가. 할 수 없지.

먼 길 떠날 때는 눈썹까지 빼놓고 가라는 옛말이 있는데, 하지만 도와줄 수도 없고. 사흘쯤 지났을까? 피디분들은 매일 아침마다 우체국 가는 것이 첫 번째 일과가 되었다. 하나씩하나씩 택배로 보내고 짐이 가벼워졌던 그 먼 길.

하루나 이틀의 답사는 별개이지만 십여 일 이상 걸리는 먼 길을 가자면 우선 가장 중요한 것 중의 하나가 짐을 얼마나 효율적으로 가지고 떠나느냐 하는 것이다. 대부분의 초보자는 이것저것 생각하다가 태산처럼 커다란 짐을 준비해가지고 와서 곤란을 겪는 경우가 많다. 그러나 숙련된 사람은 꼭 필요한 몇 가지만을 준비한다.

나는 어떤가. 대개 보름 정도를 길에서 보내야 할 때는 짐이 만만치가 않다. 대개 카메라 두 대와 겉옷 두벌, 내의 두벌, 책 두어 권, 필기구 몇 개.

양말 몇 켤레, 메모용 수첩 세 권 등이다.

고려나 조선시대의 사대부들은 유람하기를 즐겨했다. 그래서 "산천을 유람하는 것은 좋은 책을 읽는 것과 같다"고 하면서 산천답사를 제일의 풍류로 여겼다.

그러나 아무리 유람에 이골이 난 옛 선인들이라도 장기간 여행을 하는 것은 쉬운 일이 아니었다. 그러므로 계절과 날씨 그리고 소요되는 기간 등 여러 가지를 참작하고서 만반의 준비를 갖추어 떠났다.

조선시대 중기의 문인인 김창협金昌協이 지은 『동유기東遊記』에는 "나는 어릴 적부터 금강산 이야기를 들을 때마다 한 번 유람하기가 소원이었다. 그러나 들은바 절경은 늘 동경하면서도 마치나 하늘 위에 있는 별세계인 듯 사람마다 갈 수 있는 데가 아닌 것만 같았다. (중략) 나를 좇아가는 사람은 김성률金聲律, 이유굴李有屈 등 두 명이며, 행장으로 다른 것은 없고 다만 『당시선唐詩選』 몇 권과, 『와유록臥遊錄』 한 권이 있을 뿐이다"는 기록이 실려 있는 것으로 보아 준비물이 그리 많았던 것은 아니란 것을 알 수 있다. 한국 최초의 산악인이자 여행가라고 하는 조선 후기의 정란鄭瀾이라는 사람의 글을 보자.

> 집을 나선 창해가 동반한 것은 청노새 한 마리, 어린 종 한 명, 보따리 하나, 이불 한 채였다. 그 무렵 명산 열풍이 불어 금강산에 오르지 않는 건 식자층의 수치였다. 하지만 그들의 등산은 호사롭고 떠들썩하기 그지없었다. 친구를 불러 모으고, 때로는 기생과 악공까지 대동하며, 말을 타거나 오르기가 힘들면 중을 동원하여 남여(藍輿, 뚜껑 없는 가마)를 타고 산에 올랐다.
>
> – 안대회, 『조선의 프로페셔널』 중에서

그렇다면 『열하일기』의 저자 박지원은 먼 길 떠날 때 어떤 준비를 해서 떠났을까?

아침을 든 후에 혼자서 말을 타고 앞서 떠났다. 창대가 견마를 잡고 장복이 뒤를 따른다. 말안장 양쪽에 주머니를 달아 왼편엔 벼루, 오른편엔 거울, 붓 한 자루, 먹 한 개, 작은 공책 4권, 정리록 한 축, 이것이 나의 행장의 전부이다.

간출하게 출발한 그의 여정이었지만 그는 순간순간을 헛되이 보내지 않았다. 그의 글을 보자.

내가 서울을 떠나서 여드레 만에 황주(黃州)에 도착했다. 마상에서 혼자 생각하기를, '본래 학식이 없는 나로서 그냥 중국에 들어갔다가 그곳의 대학자를 만나는 경우 어떻게 할 것인가' 하고 고심을 하였다. 드디어 내가 가지고 있던 지식 가운데 '지전설(地轉說)' '월세계' 등 이야기를 끌어내, 매양 말고삐를 잡고 안장 뒤에 앉아 졸면서 여러 십만 마디의 말을 엮어, 가슴속에 글자 없는 글과 공중에 소리 없는 글로 하루에 몇 권의 책을 지었다.

오늘날에는 어떠한 사람을 막론하고 자기의 두 발로 산을 올랐지만 옛 선비들이나 지체 높은 사람들은 산도 자기의 두 발로 오르지를 않고 말을 타거나 남여를 타고 올랐던 것을 유추할 수 있다. 묘향산을 유람한 초정 박제가朴齊家의 『묘향산소기』를 보면 "초록 도포에 자줏빛 나귀, 허리에는 검이요, 안장에 책이다"라는 내용이 있어 아주 간소한 차림으로 떠났음을 알 수 있다. 『청량산 기행』을 지은 박종朴琮 역시 그와 별반 다르지 않게 검소한 행장으로 다녔다.

아침에 떠날 때 행구라고는 아무것도 없고, 다만 나의 두 다리가 있을 뿐이다. 작은 필연(筆硯)일랑 주머니에 넣고 지팡이 하나만 끌고 나서니 모든 시름을 벗은 듯 몸이 가뜬하였다. 그러나 박군은 나를 위하여 옷 몇 벌, 책 몇 권, 돈 몇 푼을 싸서 자그마한 봇짐을 만들어 몸소 지고 떠나니 그의 의기를 알 만하다.

–『영남대로』 중에서

그렇다면 조선 사람이 아닌 일본의 하이쿠 시인 바쇼는 어떤 차림으로 여행을 떠났을까?

짐이 너무 많으면 길 떠나는 데 거북할 것 같아 모든 것을 떨쳐버렸다. 그렇지만 나는 밤에 잘 때 입을 종이옷(일종의 외투) 하나, 먹물과 붓, 종이, 약, 식량 등을 넣은 통을 보자기에 싸서 등에 진다. 그랬더니 내 시원찮은 두 다리와 힘없는 몸으로는 버티기가 어려워 금방이라도 뒤로 자빠질 지경이다.

저마다 취미가 다르듯 여행을 떠날 때 짐을 꾸리는 것도 다르다. 가는 길도 다르지만 모두가 그 짐의 무게가 다르다. 그렇다면 다 같은 것은 무엇일까? '떠난다'는 그것이리라.

좋은 사진을 찍는 법

사진작가도 아니면서 사진을 찍기 시작한 지가 벌써 30여 년이 된다. 카메라가 좋은 것도 아니고, 그렇다고 사진을 전문적으로 배운 것도 아니고, 그저 순간을 포착하여 찍는 것 이상도 이하도 아닌 채 사진을 찍는 사람, 그러다가 어느 때부터 보통은 되는 카메라를 가지고 다니는 사람, 내가 바로 그런 사람이다.

30여 년 전만 해도 좋은 카메라만 들고 다녀도 사진작가라는 선망 어린 표정으로 바라보았지만 지금은 온 국민이 사진작가다 보니 카메라도, 사진도, 그리 차이가 없어 보인다.

그래도 일부 사람들은 자기 사진에 대단한 자부심을 가지고 사진을 찍는다. 사진을 어떻게 찍는 것이 잘 찍는 것인가? 카메라 조작법에 대한 것만 배울 줄 알지 인문적인 사진 이야기를 사진작가를 통해 들을 시간이 없어서 사진에 대해 알고 있는 것은 극히 미미하다. 얼마 전 답사를 가서 찍은 사진을 보는 순간 떠오른 소설이 바로 이청준 선생의 중편소설인 『시간의 문』이었다.

주인공 유종열은 사진작가로, 어느 날 동남아의 난민선을 찍다가 바다에서 실종되고 만다. 그는 언제나 '카메라를 누르는 순간에 대상의 흐름이 정지해버린다'고 낭패해 하던 사람이다. 대상이 '시간의 문'을 지나 흘러야 하는데 늘 사진 찍는 그 순간에 멈춰버린다는 것이다. 시간의 흐름을 방해하는 것은 사진을 찍는 사람과 대상 사이의 거리, 그 공간의 벽이라고 여겼다. 그 공간의 두꺼운 벽 때문에 대상의 시간은 렌즈가 열리고 닫히는 순간에 갇혀버린다고 여겼던 사진작가.

찍히는 사람과 찍는 사람, 대상과 나, 언제나 둘은 그런 관계지. 둘 사이엔 엄청난 벽이 있거든, 그래, 바로 그 거리의 벽이에요, 그 두꺼운 거리의 벽을 뚫고 들어갈 수가 없어요. 참으로 엄청난 카메라의 숙명이지. 그 거리가 사라져 주지 않는 한 우린 서로 다른 차원의 세계에 따로따로 떨어져 있을 수밖에 없어요. 벽을 뚫고 넘어가 함께 있거나 같은 시간의 흐름을 탈 수는 없어요. 그런데 대상의 시간을 찍는다는 것은 그저 그 시간을 정지시키는 것 이외에 아무것도 아니에요. 문제는 결국 이놈의 지워지지 않는 거리와 공간인데.

다시 펼쳐본 『시간의 문』을 덮고 방 안 귀퉁이에 놓인 카메라를 바라다본다. 나는 도대체 어떤 생각을 가지고 그 많은 사진을 찍었던 것일까? 내가 바라본 그 사물들의 영혼靈魂이나 정수가 사진 속에 제대로 들어 있기나 한 것일까?

"'백문이불여일찍'이라고 많이 찍는 사람 당할 수 없으며, 대상과 공감하는 정도에 따라 사진의 좋고 나쁨이 결정된다."

『잘 찍은 사진 한 장』의 사진작가인 윤광준의 사진관이다.

아미엘은 "어떠한 경관도 마음이다"라고 말했는데, 좋은 사진 역시 마음에서부터 비롯된다. 그래서 어느 순간 시간의 문이 열리고 대상의 시간이 순간을 넘어 흐를 때 좋은 사진을 찍을 수 있을 것이다.

그런데 중요한 것은 내가 망설이기를 잘한다는 것이다. 지금도 아깝게 생각하는 것, 경상도 모 비구니들만 사는 절에 갔을 때, 들어가지 말라는 곳으로 갔다. 그런데 빨랫줄에 여스님들의 내의 수백 개가 바람에 펄럭이고 있었다. 아아! 하고 바라보던 그 시간, 결국 망설이고 망설이다가 그대로 두고 나왔다. 나중에 사진작가들에게 들은 얘기, "쪽팔림은 잠시이고 사진은 영원하다." 바꿔 말하면 "망설임은 잠시이고 사진은 영원하다"는 것이다. 나는 그때나 지금이나 아마추어일 수밖에 없다.

하지만 어떠한 상황에도 예의라는 것이 있는데, 사진이라고 뭐 다를까?

당신은 어떤 생각을 가지고 사진을 찍고 있는가?

길은 이전에도 있었고, 지금 이 순간에도 있다

•

새로 토목공사를 하거나 나무를 잘라서 길을 만드는 것은 어렵다. 그러나 어느 시절, 누군가 지나간 발자국들이 남아 있는 곳에 다시 길을 내는 것은 그렇게 어렵지 않다.

가까이서나 멀리서 보면 길이 어렴풋이 보인다. 나무와 나무 사이, 풀과 풀 사이, 그곳에 들어가 헤치고 나아가면 아름답고 유서 깊은 길이 된다. 다시 한 번 말하거니와 길은 이전에도 있었고 지금 이 순간에도 있다. 어렵지도 않고 그렇다고 쉽지도 않은 길 찾기. 그 길을 두고 다비드 르 브르통은『걷기 예찬』에서 다음과 같은 글을 남겼다.

오솔길은 물론이고 세상의 모든 길은 땅바닥에 새겨진 기억이며, 오랜 세월을 두고 그 장소들을 드나들었던 무수한 보행자들이 땅 위에 남긴 잎맥 같은 것, 여러 세대의 인가들이 풍경 속에 찍어 놓은 어떤 연대감의 자취 같은 것이다.

그리로 지나가는 행인 한 사람 한 사람의 지극히 작은 서명이 거기 알아볼 수 없는 모습으로 찍혀 있다. 그는 길의 표면을 고르게 다져 놓으며 지나간다. 자동차를 몰고 가는 사람은 가능한 한 빨리 목적지에 도착하기 위하여 자신에게나 남들에게나 다 같이 치명적이 될지도 모르는 싸움에 열중한다. 그러나 걷는 사람은 그렇게 바삐 서두르는 법이 없다. 그런 흙길을 따라 걷는다는 것은 곧 눈에 보이지는 않지만 실제로 존재하는 공모관계에 따라 수많은 다른 보행자들의 뒤를 따라간다는 것을 의미한다.

길이란 인간들이 지나가든 말든 아무런 관심이 없는 식물과 광물의 세계 한복판에 남겨진 흙의 상처다. 너무나도 짧은 한순간 무수한 발자국들이 찍혀진 땅바닥은 인류의 징표다. 자동차의 타이어는 마음가짐 같은 것은 아랑곳하지 않고 길에서 마주치는 것은 무엇이나 다 납작하게 깔아뭉개버리는 공격성을 발휘한다. 그러나 땅을 밟는 발에는 그런 공격성이 없다.

길은 여러 세대에 걸쳐 이어지는 보행자들 사이의 연대이자, 사람의 발이 자연에 머문 기억이며, 인류의 징표다. 이전에도 있었고 지금에도 이어져오는 것이 길이다. 길은 새롭게 뻗어 나가기도 하고 땅 아래로 몸을 숨기기도 하며 꿈틀꿈틀 살아 움직인다. 그 길과 끊임없이 만나며 길을 새롭게 잇는 작업을 계속해야 하는 것이 걷는 자의 숙명이리라.

꿈속에서도 먼 길을 걷는 이여! 돌아올지도, 아니면 걷다가 한 개 돌로 화할지도 모르지만, 저기 저렇게 끊어질 듯 이어지는 길이 쉼 없이 손짓하고 있지 않은가? 어서 오라. 그리고 걸어가라고.

해파랑길(동해 트레일)을 만들다

세상 유행과 무관하게 일찍이 우리나라의 5대 강(한강, 낙동강, 금강, 영산강, 섬진강)과 영남대로, 삼남대로, 관동대로 등 조선시대 옛길을 걸어왔던 사단법인 우리땅걷기에서 새로운 프로젝트를 세웠다. 이름 하여 동해 트레일. 2008년 2월에 선보인 대한민국의 새로운 관광 프로젝트다.

동해 트레일, 다른 말로 해파랑길은 부산 해운대 달맞이고개에서부터 두만강변 녹둔도까지, 장장 1400킬로미터에 이르는 기나긴 여정을 걷는 길이다. 해변을 따라가는 이 길에는 관동팔경과 백두대간에 자리 잡은 설악, 금강, 두타산의 명산과 원산의 명사십리를 비롯한 천혜의 해수욕장이 즐비하다. 망망대해로 펼쳐지는 태평양이 함께해 천하제일의 도보답사처가 될 만한 곳이다. 물론 우리의 발길 닿기를 허용하지 않는 구간이 있어 아직은 답사를 완수할 수 없겠지만.

그러나 언젠가 많은 사람들이 이 길을 걷기를 염원하게 된다면, 어느 날 남북한이 서로 손잡고 해파랑길을 공동 관광상품으로 개발할 가능성도 있지 않을까. 결코 헛되지 않을 꿈을 안고 '동해 트레일'에 올랐다.

휴전선에 막힌 길을 제외하고 통일전망대까지는 18일간의 여정이다. 푸르게 일렁이는 동해바다를 따라 한 발 한 발 걸어가며 우리 국토의 숨결을 느낄 수 있었다. 스페인의 산티아고길이나 중국의 '차마고도'와는 전혀 다른 길이다. 동해 푸른 바다와 수많은 포구 그리고 해수욕장과 유무형의 문화유산이 함께하는 그 길은, 전 세계 어느 도보답사길보다도 빼어난 풍광을 선물 받는 여정이다. 또한 세계적으로 각광받고 있는 도보답사처이자 순례자 길인 산티아고가 800킬로미터인 반면 부산에서 두만강까지의 동해 트레일은 1400킬로미터에 이르는 기나긴 여정이었다.

역사 속에 등장하는 신라 화랑들의 순례길이 바로 동해 트레일이다. 이 길은 안현미 시인의 말대로 '새로운 시간을 만나는 길'이다. 오천 년 숨결이 서리고 서린 역사의 현장이 도처에 산재해 있고, 빼어난 자연 풍광에 어린 전설과 설화의 보고이다. 『삼국유사』에 실린 처용과 박제상의 이야기, 문무왕 수중릉과 이견대가 있는 경주 일대 바닷가, 호미곶과 칠포의 바위 그림 그리고 포스코가 있는 포항을 지나 영덕에 들어서면 신돌석 의병장과 영해 민란이라는 참혹하지만 의기를 되살려주는 역사 무대가 펼쳐진다. 그곳을 지다면 관동팔경으로 꼽히는 월송정과 망양정이 있는 울진이다. 이어서 죽서루, 경포대를 거치면 설악산이 지척이다. 청간정을 지나 고성에 이르면 김일성 별장과 이승만 별장이 있는 화진포가 멀지 않고, 금강산 자락에 있는 삼일포를 지나면 통천의 총석정이다. 명사십리 해당화가 흐드러진 원산을 지나 함흥에 이르고 '눈보라가 휼날리는 바람 찬 흥남부두'라는 노랫말에 나오는 흥남을 거치면 칠보산이다.

그곳에서 또 한참을 지나, 반세기 전 이 땅을 폐허로 만들었던 전쟁의 시간을 딛고 일어선 오늘 우리의 모습을 반추하고 가노라면 어느 사이 나라의 끝자락에 펼쳐진 두만강에 이른다.

그 길 모퉁이 돌아가면 황동규 시인의 시에 나오는 '걸어서 포구에 도착했다'는 구절처럼 포구와 항구, 맨발로 걷기 좋은 곱디고운 모래 해수욕장이 끝없이 펼쳐져 있다.

'동해 트레일'에서 만나는 해운대, 장사, 칠포, 대진 고래불, 용화, 망상, 경포대, 화진포, 원산의 명사십리 등 셀 수도 없는 유수한 해수욕장 그리고 낙동정맥과 백두대간에 펼쳐져 있는 크고 작은 산들 곧 내연, 두타, 청옥, 설악, 금강, 칠보산들은 한국의 바다와 산이 얼마나 절경인지를 유감없이 보여준다.

포구에서 포구로 이어지는 동해 바닷길에서 나그네들의 미각을 사로잡는 맛은 얼마나 많은가. 학꽁치, 멸치, 과메기(포항), 대게(영덕, 울진), 고포 미역, 오징어, 정어리, 청어, 명태식혜(거진) 등 셀 수도 없다.

수많은 등대들이 밤마다 깜빡거리고 깃발을 펄럭이는 배들이 바다로 나갔다 돌아오는 동해안 곳곳에는 수많은 인물의 흔적들이 민담으로 설화로 이야기로 전해진다. 고려 말의 이곡, 이색, 나옹화상 등의 흔적이 여러 곳에 남아 있고, 조선시대 인물로는 김시습, 양사언, 이언적, 이산해, 송강 정철, 박종, 겸재 정선, 단원 김홍도, 송시열, 이산해, 허목, 김시습, 정철, 허균, 이이, 허난설헌, 신사임당 등의 자취가 서린 곳이다. 또한 천문학자인 남사고와 의병장 신돌석, 동학의 1대 교주인 최제우와 최시형, 직업적 혁명가인 이필제의 사연이 남아 있는 곳도 이곳 동해바닷가 고을이다.

'동해 트레일' 답사 중에 미국인 관광객을 만났다. 어디를 가는 거냐고 묻자 "한국의 바닷길이 너무 아름다워 무작정 걷고 있다"고 대답했다. 조선시대의 문신 홍여방이 "동쪽으론 넓은 바다를 눌러 파도가 만경萬頃이요, 서쪽으론 중첩된 봉우리와 나란히 서 있어 운하雲霞가 천태로다"라고 노래했던 한국의 바닷가 길.

그 길을 열여드레 걷는 동안 힘들었지만 어린애처럼 행복하기도 했다. 바다가 되었다가 넘쳐서 달려오던 파도가 되었다가 매일 태어나고 스러지는 태양이 되기도 했던 나날이 언제 다시 내 앞에 올 것인가 생각하면 가슴이 벅차오르는 시간들이었다.

맹자는 "눈은 아름다운 빛을 좋아한다[目之於色]"고 하였다. 키츠는 "아름다움은 영원한 기쁨"이라고 썼다. 맹자나 키츠의 그 말을 실감하고 싶은 사람들에게 동해 트레일 즉 해파랑길은 가장 아름다운 빛을 가감 없이 보여줄 것이다. 부산 해운대에서부터 넓고 광활한 태평양을 바라보며, 그 아름다운 동해 바닷가 길 1400여 킬로미터를 걸어 두만강 하구에 이르는 여정은 얼마나 감격스럽고 자랑스러운 일일까? 그리고 두만강을 건너 이순신 장군이 근무했던 녹둔도에 도착한다. 그것으로 끝인가? 아니다, 러시아의 블라디보스토크를 지나 러시아의 해변을 돌아 스웨덴과 스페인을 지나 아프리카의 케이프타운까지 이어진다면 세계 최장거리 도보답사코스가 되는 게 아닌가. 지구 상에서도 작은 반도인 대한민국의 끝자락인 부산의 해운대에서 한 발 한 발 걸어서 유럽에서 아프리카로 이어지는 길, 그 길을 지난해 가을 문화체육부에 조성해줄 것을 제안하여 2010년 9월 문화체육관광부에서 야심차게 '해파랑길'로 선정하여 발표하였다. 부산에서 고성까지 16개 시군의 관계자들이 모여 2014년까지 가장 자연적으로 조성하기로 한 '해파랑길'을 북한과 협의 하에 마지막 지점 녹둔도까지 잇는다면 약 1400킬로미터의 길이 완성될 것이다. 그 길을 걷는 사람들에게 '해파랑길'을 완주한 인증서를 발급하는 이벤트도 고려되고 있다. 북한으로 이어지는 길을 마저 밟을 수 있게 된다면 얼마나 가슴이 벅차오를까.

그때 내가 참석자들에게 다음과 같은 말을 했었다.

우리나라 어느 지역을 가건, 이웃 마을로 놀러 가던 '마실길'이 있고, 나물 캐러 가던 길, 나무하러 가던 길, 과거 보러 가던 길이 남아 있습니다. 그동안에 자동차와 열차가 생기면서 잊히고 사라졌던 그 길을 찾고, 설령 사라졌으면 다시 잇고, 그 길을 사람들이 걷기 시작한다면 아름답고 역사적인 길이 새롭게 만들어질 것입니다 나는 고스톱을 못 치지만 '찾고, 잇고, 걷고' 그래서 '쓰리 고'만 하면, 돈을 가장 적게 들이면서도 아름다운 길을 만들 수 있을 것입니다.

내 말이 끝나자마자 우레와 같은 박수소리가 터져 나왔다. 그 모임이 끝나자 누군가가 '신정일 선생님, 파이팅' 하였다. 그래서 누군가 하고 보았더니 문체부장관 정책보좌관이었다. "왜요?" 하고 물었더니 "선생님이 하라는 '쓰리 고'로 해파랑길을 만들면 지자체에서 더 이상 예산을 추가 편성해달라고 하지 않을 것 같아서요."

길은 돈으로 만드는 것이기도 하지만, 길에 대한 애정 어린 마음과 아이디어가 더욱 중요하다. 어디든 거미줄처럼, 아니 그물코처럼 촘촘히 짜인 길을 찾고 잇고 걷다 보면 새로운 문화운동이 일어나지 않을까?

백두대간 산자락에 마실 길을 만들자

2007년 가을에 산림청 주최로 〈백두대간 어떻게 보존할 것인가〉를 두고 세미나를 개최한 적이 있다. 그때 대부분의 발제자들은 백두대간 능선을 위주로 발제를 했는데, 나는 다른 관점에서 백두대간을 활용하자는 의견을 제시했다.

백두산에서 지리산까지 유장하게 이어진 백두대간 능선을 종주하는 사람들은 많다. 그러나 백두대간은 어린아이나 노약자는 물론이고 일반 사람들도 선뜻 종주하기가 쉽지 않은 곳이다. 수많은 사람들에게 민폐를 끼쳐야 하기 때문이다.

그래서 백두대간 능선에서 능선으로 이어진 길을 종주할 것이 아니라 동서 양축으로 이어진 백두대간의 산자락을 따라 걷는 '백두대간 산촌 마실길'을 만들자고 제안한 것이다.

백두대간 산자락을 걷는 사람들은 아직 없다. 그것은 백두대간의 산자락 길이 만들어지지도 않았고, 이어지지도 않았기 때문이다.

백두대간 자락에 조성했으면 싶은 마실길의 '마실'은 어떤 뜻을 지니고 있는가? 한가할 때 이웃 마을로 놀러 간다는 의미를 지니고 있다. 그렇다면 '백두대간 산촌 마실길'은 어떻게 조성할 것인가?

지리산 자락 제일 끝 지점에서 진부령을 지나 백두산까지 이어질 마실길의 서쪽 부분을 보자. 경상남도 하동에서 시작될 마실길은 백운산과 지리산 사이를 흐르는 섬진강을 따라 구례, 곡성, 남원에 이르고 장수에 이르면서 덕유산 자락을 지난다. 무주, 영동을 지나는 길에 추풍령을 굽어보고 보은, 상주에 이르면 속리산 자락을 지날 것이다. 괴산, 충주, 단양, 영월, 정선, 태백, 삼척, 평창, 홍천에서 오대산을 만난다. 인제를 지나 진부령에 이르는 백두대간의 마실길이 이어진다면 마을과 마을을 잇는 산과 산줄기를 잇는 재미있는 문화생태탐방로가 될 것이다. 그리고 훗날 백두산까지 이어지는 산자락 길이 조성된다면 내국인들만이 아니라 세계적으로 이름난 관광상품이 될 것이다.

동쪽은 또 어떤가? 경상남도 산청에서 함양을 지나고 거창, 김천, 상주, 문경을 지나, 예천, 영주, 봉화, 삼척, 동해, 강릉, 양양, 고성을 지나 백두산으로 이어지는 산자락 길을 만든다면 좋을 것이다. 남녀노소 누구나 백두대간의 산자락 길을 따라 걷다가 고갯마루(추풍령, 문경새재, 죽령, 대관령, 한계령, 미시령, 진부령 등)에도 오르고 실상사, 부석사, 소수서원, 관동팔경, 진전사지, 원산의 명사십리 등의 명승지를 감상하며 걷는다면 새로운 국토사랑과 함께 도보여행의 진수를 느낄 수 있을 것이다.

또 하나 '백두대간 산촌 마실길'을 특화할 수 있는 것이 백두대간 자락에 자리 잡은 '정감록의 십승지지'를 이용할 수가 있다는 점이다.

조선 개국 이래 전해오는 참설인 『정감록鄭鑑錄』에 의하면 연산현 계룡산에 있는 개태사開泰寺라는 절터가 장차 정씨가 도읍할 길지라고 했다. 그 당시 떠돌았던 『정감록』은 주역을 비롯한 여러 비기를 집대성한 것으로,

반 왕조적이며 현실 부정적인 내용을 담고 있어 조선시대 이래 금서에 속하였다. 조선 개국 이래 민간에 은밀하게 전승되어온 참설인 정감록의 작자를 정감鄭鑑 혹은 이심李沁으로 보기도 하는데 이는 『정감록』이 정감과 이심이라는 전설적 인물들의 대화 형식으로 서술되었기 때문이다. 한편 조선조 태조를 도와 역성혁명을 주도했던 정도전이 그것을 합리화하고 민심을 조작하기 위하여 저술하였다는 추측도 있다.

수십여 가지의 비결들이 집대성되어 있는 『정감록』은 형식면에서도 예언설·참요·역수뿐만 아니라 풍수지리설에 의한 해설까지 포괄적으로 다루고 있으며 사상적으로도 유교, 도교, 참위서, 음양오행설까지 포함하고 있다. 어떤 의미에서는 급격한 사회변동 속에서 몰락한 양반들이 풍수지리설과 음양오행설을 바탕으로 왕조교체와 사회변혁의 법칙을 우주론의 법칙과 결부시킨 것으로 보는 견해도 있다. 『정감록』의 내용을 대변하는 감결의 본문 속에 나오는 구절은 이러하다.

한륭공이 완산백에 봉해졌다. 세 사람의 아들이 있었는데 맏아들 임은 일찍 죽었고, 둘째가 심이고 셋째가 연이었다. 정공과 더불어 팔도산수의 기이한 절승지를 유람하다가 금강산 비로대에 올라 서로 말하기를 "천지는 음양이 먼저 주장하는구나" 하자 심이 "산수의 법이 기이하고 절승하다" 하였다. 또 정감이 "곤륜산으로부터 맥이 백두산에 이르고, 원기가 평양에 이르렀으나 평양은 이미 천 년의 운이 지나가고 운이 송악에 옮겨가 오백 년의 도읍지가 되나. 요승과 궁녀가 장난하여 땅 기운이 쇠하고 하늘의 운수가 막히게 되면 다시 운이 한양으로 옮겨갈 것이다" 하였다. 그러자 심이 "백두산의 맥이 금강산으로 옮겨가고 태백산과 소백산에까지 이르러서 산천의 기운이 계룡산으로 들어갔으니 정씨의 팔백 년 도읍지요, 뒤에 가야산에 들어갔으니 조씨의 천 년 도읍지이다. 전주는 범씨의 육백 년 도읍지이고, 다시 송악은 왕씨가 부흥할 땅이나 그 뒤는 자세하지 않아 상고할 수 없다" 하였다.

『정감록』은 비록 허무맹랑한 풍수설에서 비롯된 예언이라 하지만 당시 오랜 왕정에 시달리고 있던 백성들이나 조정에 대하여 실망을 느끼고 있던 민중들에게 끼친 영향은 지대했다. 특히 광해군과 인조 이후의 모든 혁명에는 거의 빠짐없이『정감록』의 예언이 거론되었다.

연산군 이래의 국정의 문란, 임진왜란과 병자호란, 그리고 당쟁의 틈바구니에서 극도로 암담하던 백성들에게 이씨가 망하면 다음엔 정씨가 있고 그다음엔 조씨·범씨가 있어 우리 민족을 구원할 것이라는 희망을 불어넣으려 한 점에서 이 책은 높이 평가되어야 한다. 그러나 재난이 발생할 때마다『정감록』에 나오는 십승지를 찾아 떠나는 사람들이 비일비재하였던 것은 또한 문제점으로 지적될 수밖에 없었다. 난세의 병화를 피하기 위해 가장 좋은 십승지로 기록된 곳은 아래와 같다.

1. 풍기(豊基) 차암(車巖) 금계촌(金鷄村) 동쪽 골짜기로 금 닭이 알을 품고 있는 금계포란(金鷄抱卵)의 명당 터인 소백산 땅 열 군데
2. 화산(花山)의 소령고기(召嶺古基)로 옛 땅인 청양현으로 봉화 동쪽의 춘양(春陽) 마을을 일컫는다.
3. 보은의 속리산 아래 증항(蒸項) 근처
4. 예천의 금당동(金堂洞) 북쪽
5. 남원 운봉(雲峰) 동점촌(銅店村) 주변 100리

6. 공주의 유구(維鳩) 마곡(麻谷)의 두 물줄기 사이

7. 영월의 정동쪽 상류

8. 무주 무풍 북쪽 골짜기인데 예로부터 덕유산은 어디든지 난리를 피할 수 있는 덕산(德山)이라고 전해온다.

9. 부안 변산의 호암(壺巖) 아래와 변산의 동쪽이며 금바위 아래

10. 합천 가야산의 남쪽 만수동(萬壽洞) 골짜기

『정감록』을 살펴보면 한 가지 의아한 것이 있는데 십승지에 북한에 관해 언급된 것은 없다. 이에 대해 "임진臨津 이북은 다시 오랑캐의 땅이 될 터이니 몸을 보전하는 것을 논할 수 없다"고 하였다.

백두대간 자락에 자리 잡은 '정감록의 길지'에 거점 관광지를 새로운 형태의 삶터로 복원한다면 아주 소중한 자원이 될 것이다.

몇 년 전 사단법인 우리땅걷기에서 길 문화축제를 개최하면서 〈아름답고 역사적인 길을 문화재나 명승지로 지정하자〉라는 세미나를 열었다. 그 뒤 문화재청에 의해 양양의 구룡령 옛길, 영주의 죽령 옛길, 문경의 관갑천 잔도, 문경새재, 하늘재 등 5곳이 명승지로 지정되었다.

지역에도 이웃 고을로 가던 이름난 고개도 있고 마을길도 있지만, 무엇보다 그 땅을 살았던 사람들의 아름답고 유서 깊은 이야기가 서린 길들이 우리가 꼭 걸어야 할 길이 아닐까.

자연은 아름다운가

•

길을 걷다 보면 무수한 꽃과 풀을 만난다. 그 하나하나가 어찌도 아름다운지, 꽃들이 자기를 좀 봐달라고 아우성치는 듯하고 어서 꺾어서 향기를 맡아보라고 조르는 듯도 하다. 그 아름다움에 대한 예의를 차리기 위해 꽃을 꺾으면 여기저기서 나를 나무라는 소리가 들린다. '자연의 절정인 꽃을 꺾지 말라'고.

아름답고 평화로워 보이는 자연. 그런데 과연 평화롭기만 할까?

나는 자연에서 '아름다움과 조화'가 발견되리라는 가정을 이해할 수 없다. 동물의 왕국의 경우, 동물들은 무자비하게 서로를 잡아먹는다. 그들의 대부분은 다른 동물에게 잡아먹히거나 혹은 굶주림으로 서서히 죽어간다. 내 입장에서는 촌충에게서 어떤 대단한 아름다움이나 조화를 본다는 것은 불가능하다. 그렇다고 이 창조물이 우리 죄에 대한 처벌로 보내진 것이라고 말하지는 말자. 왜냐하면, 촌충은 인간들보다 동물들 사이에 더 흔하기 때문이다.

나는 이 '아름다움의 조화'가 의미하는 바를 별에 빛나는 하늘의 아름다운 것으로 가정해보겠다. 그러나 우리는 무수한 별들이 매 순간 폭발하고 있으며, 또 그

주변의 모든 것을 희미한 먼지로 만들어버린다는 것을 기억해야 한다.

버트런트 러셀의 『불가지론이란 무엇인가』에 실린 글이다.

사람들은 숲이나 들에서 만나는 자연을 평화롭고 고요하다고 느낀다. 그러나 그 속을 면밀히 들여다보면 꼭 그렇지만도 않다는 것을 알게 된다.

저마다 다른 방식으로 살아가는 무수한 존재들이 자연이라는 공간에 뒤엉켜 살아가며 치열한 생존싸움을 벌인다. 인간들의 세상에서도 힘과 권력의 많고 적음이 달라 저마다의 삶이 공평하지 않듯, 자연 역시도 마찬가지다. 에픽테토스의 『어록』에 실린 "각자의 일생은 전쟁이다. 장기간에 걸친 다사다난한 전쟁이다"라는 말처럼 자연의 세계에선 매순간이 전쟁이고, 살아 있는 한 우리들의 삶은 매순간이 피 터지는 싸움터라고 말할 수 있으리라. 이기고 지는 것을 확실히 알 수가 없는 싸움터, 그 싸움터에서 온몸으로 맞서야 하는 우리들의 운명, 그것이 자연이 우리에게 준 냉혹한 선물이다.

하지만 "인생은 싸움이 있기 때문에 아름답다"는 쿠베르탱의 말처럼, 치열한 생존싸움이 있기에 삶의 가치를 깨달을 수 있는지도 모른다.

2 길에서 나를 만나다

죽느냐 사느냐, 그게 문제다

•

오래전 일이다. 그러니까 약 11년 전, 태백에서 부산까지 낙동강 천삼백 리를 걷겠다고, 그것도 혼자 걷겠다고 나섰을 때의 일이다. 첫날 하루를 많이 걸어야 긴 여정이 쉬울 것 같아 속도를 냈다. 제대로 쉬지도 않고 걸어서 도착한 승부마을. 이곳은 오지 중의 오지이지만 지금은 겨울철마다 눈꽃열차가 다니면서 사람들에게 이름이 알려졌다. 이곳에 '하늘도 세 평, 땅도 세 평'이라는 승부역이 있고, 긴 터널인 승부터널이 있다. 역에 도착한 시간은 오후 다섯 시 5분이었는데, 9월이라 해가 질 시간이 그리 멀지 않았다. 승부역에 들어가 역무원들에게 승부터널을 통과할 수 있는지 물었다.

"방법은 두 가지가 있습니다. 하나는 저녁 8시 20분에 떠나는 통일호를 타고 분천까지 가는 것과 하나는 터널 몇 개와 교량을 건너는 것인데 둘 중 하나를 선택하십시오. 그러나 우리는 어느 것이든 선택하라고 할 수 없습니다. 철도법상 철로를 걷는다는 것 자체가 위법이고 또 그동안 5시 45분, 6시 30분 열차와 몇 개의 임시열차가 있기 때문에 원칙상으로는 못 가게 해야 합니다. 그러나 터널만 문제가 되지 철교는 괜찮습니다. 예전에는 철교만 있었는데 지금은 그 옆으로 사람이 다닐 수 있도록 길이 마련되어 있습니다."

역원의 말을 들으며 "대부분의 사람들은 한밤중에 기적을 울리는 기차를 타고 싶은 환상을 품고 있다"라고 한 윌리 넬슨의 말처럼, 열차를 타고 가면 어떨까 하는 마음이 들기는 했다. 하지만 낙동강을 따라서 걷는 내가 열차를 탄다거나 다시 되돌아간다는 것은 원칙적으로 가능한 일이 아니었다. 위험을 감수하고서라도 철길을 따라갈 수밖에 없다고 얘기하자 "터널 길이가 600미터가 되는 승부터널(각금굴이라 부름)과 300미터쯤 되는 터널 그리고 철교들이 많이 있는데 가능하겠습니까? 그리고 혹시 랜턴을 준비했습니까?" 하고 물었다. "나는 강을 따라 걷다가 어두우면 아무 곳이나 자리 잡고 잠을 청하므로 내게 랜턴이 없습니다"라고 대답하자 "시간이 없으니까 빨리 결정하십시오." 주사위는 이미 던져졌다. 그래, 갈 수 있을 테지.

600미터라면 보통의 내 걸음으로도 10분이면 통과할 수 있을 것이다. 시계를 보니 5시 15분, 승부터널 입구까지 10분, 나머지 15분에서 20분 안에 통과할 수 있을 것이다.

서둘러 인사를 건네고 철로 길을 재촉한다. 강물은 속이 타는 내 마음은 아랑곳하지 않는 듯이 유유히 흐르고 내 마음만 급하다. 천천히 걸어가리란 내 생각은 이렇듯 또 속절없이 꺾이는구나.

드디어 터널 앞에 다다랐다. 한발 한발 천천히 걸어가자. 그러나 웬걸, 50미터쯤 들어갔을까? 코앞도 보이지 않는다. 땀이 비오듯 흐르고 불현듯 두려움이 밀려온다. 갈 수 있을까? 보이는 것은 아무것도 없는 캄캄한 어둠. 오직 내가 앞으로 가고 있다는 막막한 확신 하나로 한 발 한 발 내딛을 뿐이다. 들리는 소리라고는 오직 내가 내딛는 발소리뿐이라서 내가 걸음을 멈추면 아무 소리도 들리지 않는다. 움직임의 세계에서 모든 것이 정지된 세계로 들어온 것이다. 걸음을 옮긴다. 그런데 불현듯 철커덕 소리가 들려 화들짝 놀란다. 알고 보니 자동카메라가 닫히는 소리다. 정신 바짝 차리자. 한발 한발 떼어놓는데 그 넓은 좌우측의 철길이 왜 그렇듯 양쪽 발에 차이는지, 이러다가 넘어지거나 쓰러져 다치기라도 하면 끝장이다. 문득 기차가 앞에서 오는 듯한 느낌이 들고 식은땀이 흐른다. 어떻게 할 것인가. 벽에 온몸을 붙일 것인가 철길 가장자리에 납작 엎드려 있을 것인가. 감이 서지 않는다. 다행히 그 소리는 착각이었고 온몸에 땀이 흥건하다. 방법은 단 하나밖에 없다. 무사히 이 죽음의 터널을 빠져나가는 수밖에. 나는 너무 경솔하지 않았는가. 아무도 가지 않는 강길을 따라 걸으며 아름다운 강물을 보고 싶다는 열망 하나로 너무 무모한 선택을 하지 않았는가. 불현듯 그리운 얼굴들이 떠오르고 나 자신이 한없이 미워졌다.

어떻게 한다? 이러다 쓰러져 다치게 되면 죽을지도 모른다. 나는 지금 죽음이 그토록 두려운가? '개똥밭에 굴러도 이승이 좋다'거나 '가난에 찌들어도 천대를 받아도 이 세상에 사는 것이 좋다'는 말 또는 '저승 백 년보다 이승 일 년이 좋다'는 우리네 사생관을 나는 믿지 않는다. "죽음이란 저기 또는 여기에 있지 않고 그는 모든 길 위에 있다. 너의 그리고 나의 내면에 깃들어 있다"는 헤르만 헤세의 말처럼 삶이 아름다운 것이라면 죽음 또한 아름다운 것이리라 생각해왔기 때문에 어느 때 죽음이 닥치더라도 나는 그 죽음을 겸허히 받아들이리라 생각하지 않았던가? 그런데도 한 발 한 발이 천근만근이 되는 듯싶고 내 발걸음 소리가 천둥처럼 크게 울려온다. 무섭고 외롭다. 나는 소리 내어 읊조린다. 신정일 너는 잘할 수 있어! 신정일, 너는 잘해낼 거야. 내 소리에 내가 놀라는 시간이 지나고 멀리 빛이 보이기 시작했다. 희미한 빛을 따라가는 그 순간이 얼마나 길었던가. 드디어 승부터널 마지막 지점에 섰고, 그때까지 열차는 오지 않았다.

터널을 벗어나 맨 처음의 침묵을 밟으며 장 그르니에의 산문 「지중해의 영감」 중 한 부분을 떠올렸다. "삶이 때때로 무섭게 느껴질 때가 있다. 그렇지만 삶의 시작은 얼마나 아름다운가! 그리고 그 삶은 언제나 매일매일 다시 시작된다." 그 말처럼 나는 철길에서 발을 떼고 다시 철길을 걸어갈 것이며 어느 날 또다시 이런 순간에 직면할 것이다. 하지만 T. S. 엘리어트의 시 한 구절을 꼭 기억할 것이다. "근심할 것과 근심하지 말 것을 분별케 하소서, 조용히 앉아 있기를 가르쳐 주소서." 내가 지나온 승부터널을 한 장의 사진으로 남기고 다시 철교를 지나자 눈빛처럼 희디흰 구절초꽃이 희망처럼 보였다. 강가에 머리를 늘어뜨린 채 피어 있던 한 포기의 구절초는 가슴 졸였던 내 마음의 상처를 씻어내 주는 듯했다.

승부터널을 15분 동안 지나오면서 10년 동안의 생각을 한 듯하다. 그때 그 경험이 없었다면 내가 어찌 타의가 아닌 자의로 생과 사를 넘나드는 체험을 했을 것인가? 그 기억을 더듬어 나는 다음과 같은 글을 썼다.

"온갖 떠올랐던 상념들이며 온몸을 흘렀던 땀들은 내 생이 다하는 날까지 내 마음속에 남아 있을 것이라 믿지만 그 역시 흐르는 시간 속에서 어느 날 잊혀지고 말 것이다."

그러나 나는 그 당시의 일을 잊고 또다시 위험한 길을 얼마나 많이 걸어왔던가.

길을 찾는 그대에게

길은 항상 예정되어 있는 것처럼 보이지만 세상의 바른 길을 가기란 늘 쉽지 않다. 이정표가 절대적으로 맞다고도 볼 수도 없고, 길을 물었을 때 길을 가르쳐주는 사람의 말이 정확한지도 알 수 없다.

청춘의 시절에는 여러 가지 변수가 많은 만큼 기회도 많기 때문에 모험을 즐기라는 의미로 '길은 잃을수록 좋다'라는 말도 해줄 수 있지만 나이 들면 그가 살아온 내력에 책임을 져야 하므로 스스로가 정한 길이 그르지는 않았는지 고민에 고민을 거듭해야 할 것이다. 아래의 글은 『완당전집』에 나오는 '적천리설適千里說'로, 먼 길을 가는 사람에게 지침이 되는 글이다.

지금 대체로 천리 길을 가는 사람은 반드시 먼저 그 경로(經路)의 소재를 분변한 다음에야 발을 들어 걸어갈 뒷받침으로 삼을 수 있는 것이다. 그런데 막 문을 나섰을 때에 당해서는 진실로 갈팡질팡 어디로 갈 줄을 모르므로, 반드시 길을 아는 사람에게 물어야 할 것이다.

그런데 마침 바르고 큰 길을 알려주고 또 굽은 길로 가서는 안 된다는 것을 세세히 가르쳐주는 사람을 만났을 경우, 그 사람이 정성스럽게 알려주기를

"그 굽은 길로 가면 반드시 가시밭으로 들어가게 되고, 그 바른 길로 가면 반드시 목적지에 이를 것이다"고 하리니, 그 사람의 말이야말로 성심을 다했다고 이를 수 있겠다. 그러나 의심이 많은 사람은 머뭇거리며 과감히 믿지를 못하여 다시 딴 사람에게 물어보고 또다시 딴 사람에게 묻곤 한다. 그러면 성심(誠心)을 지닌 곁에 있는 사람들은 모두 묻기를 기다리지도 않고서, 그 길의 곡절(曲折)을 빠짐없이 열거하여 나에게 일러주되, 오직 자신이 잘못 알았을까 염려해서 사람마다 모두 같은 말을 하기까지에 이르는데, 이 정도면 또한 충분히 믿고 뒤질세라 서둘러 길을 달려갈 수 있을 것이다. 그러나 그 사람은 더욱 의심하여 생각하기를, "나는 감히 남들이 옳게 여긴 것을 따를 수 없고, 남들이 모두 그르게 여긴 것도 나는 또한 참으로 그른 줄을 모르겠으니, 나는 모름지기 직접 경험해보리라" 하고서 자기 마음대로 가다가 함정에 빠져들어 구해낼 수 없게 되고 만다. 그러다가 종말에 가서야 자신이 미혹(迷惑)된 것을 깨닫고 되돌아온다 하더라도 이때는 또한 이미 시간을 허비하고 심력(心力)을 소모해버린 터라 자못 시간의 여유가 없어 낭패를 당하게 되는 것이니, 어떻게 하면 남들이 명백하게 일러준 말에 따라 힘써 행하여 공(功)을 쉽게 거둘 수 있을까?

하지만 길이라는 것은 본디 여러 갈래라 정해진 길로만 가는 것이 행복하다고 볼 수만도 없을 것이다. 그래서 '길은 잃을수록 좋다'는 말이 나온 것이다. 왜냐하면 길을 잃고 헤매다 전혀 다른 길을 발견하기도 하고 그 길이 새로운 창조를 이끌어내기도 하기 때문이다. 살아갈수록 길을 떠나는 것도 어렵지만 그 길을 낙오하거나 옆길로 새지 않고 끝까지 가는 것도 어렵다. 어떻게 하면 우리에게 정해진 인생길을 잘 걸어갈 수 있을까?

저승에도 커피가 있을까

삶과 죽음의 간격은 얼마나 될까? 한순간瞬間이라고도 하고, 찰나刹那라고도 하는데, 불가에서 말하는 찰나와 겁劫은 무엇을 말하는가?

'찰나'는 산스크리트를 소리 내어 적은 것으로 지극히 짧은 시간을 뜻하는데, 흔히 손가락을 한번 튕기는 순간에 65찰나가 지나간다고 한다. '겁'은 무한한 시간을 뜻하는 것으로 가로 세로의 높이가 각각 1유순(약 10킬로미터)인 큰 돌산 위를 어떤 사람이 백 년에 한번씩 긴 옷을 입고 지나갈 때, 그 스치는 옷자락에 돌산이 다 닳아 없어진다 해도 1겁이 끝나지 않는다고 한다. 또한 가로 · 세로의 높이가 각각 1유순인 성안에 가득한 겨자씨를 한 사람이 백 년에 한 알씩 집어내어 그 겨자씨가 다 없어진다 해도 1겁이 끝나지 않는다고 했다. 그래서 옛 스님들은 다음과 같이 말했다.

찰나 동안 부처의 행을 지으면 부처이다. 하루 동안 부처의 행을 지으면 하루 동안 부처이다. 영원히 부처의 행을 지으면 영원히 부처이다.

그런데 그 순간이나 찰나가 죽음이 아니고 삶일 때, 그렇게 절박했던 순간을 금세 잊어버리고 다시 후회할 일을 반복하는 그 마음을 어찌해야 하는지…….

공주 지역을 답사할 때의 일이다. 영평사에서 새벽 종소리를 들으면서도 새벽예불에 가기가 싫어 이리저리 뒤척여도 자꾸 들려오던 새벽 종소리, 거기에 뒤섞여 들리는 개구리 소리. 결국 여섯 시 아침공양을 알리는 종소리에 깨어 정갈하게 차려진 아침밥을 먹었다. 절 마당에 곱게 피어난 도라지꽃, 능소화에 마음을 흠뻑 빼앗겼다.

거기에다 그 아름다운 백련차를 마셨고, 지천으로 피어난 흰 연꽃[白蓮]에 호사를 누리기도 했다. 이런 때를 두고 왕후장상이 부럽지 않다는 말이 생겨났을 것이다.

아내의 차를 타고 가던 길에 아내가 몸이 피곤하다며 자기는 휴게소에 있을 테니 공산성 답사를 마치고 점심식사 때 만나자고 하였다. 두 아들을 데리고 온 권성일 씨의 차에 옮겨 타고 공주로 가는 4차선을 달리고 있었다. 『택리지』의 저자인 이중환의 선대先代인 이진휴가 숙종 때에 세운 금강변의 사선정을 지나쳐서 "권 선생님 정자를 지나쳤네요. 백 미터쯤에다 세운 뒤 보고 가게요"하였다. 그러자 권 선생이 "예, 차를 돌리면 되지요" 하고서 내가 만류할 사이도 없이 차를 돌려버렸다. 꿈인 듯 생시인 듯, 그 길이 중앙분리대가 있는 4차선임을 잊어버린 권성일 씨가 역주행하기 시작한 것이다.

아! 나는 보았다. 2차선과 1차선에서 쏜살같이 달려오던 차들. 이렇게 죽는구나 하는 순간 상황을 알아차린 권성일 씨가 급하게 핸들을 꺾었고, 차들은 우리가 탄 차를 스치고 지나갔다. 아차 하는 사이 저녁 뉴스에 삼부자와 한 사내가 대전공주간 국도에서 원인 모를 역주행으로 생을 마감했다는 기사를 제공할 수도 있었을 것이다. 우리는 이렇게도 사는구나 하며 한숨을 돌렸다. 그래서 산다는 것은 순전히 '운' 또는 '요행僥倖'이라는 말이 맞는 듯싶다.

대체로 사람이 살아간다는 것은 요행이라고 할 수 있는데 죽는 것이 공교롭지 않은 것은 무엇 때문인가?

하루 중에도 위태로움에 부딪히고 환난을 범하게 되는 경우가 몇 번이나 되는지 알 수 없다. 단지 깜빡하는 사이에 스쳐가고 잠깐 사이에 지나쳐 가는 데다 마침 귀와 눈이 민첩하고 손과 발이 막아주기 때문에 그렇게 되었던 까닭을 스스로 깨닫지 못하게 된다. 따라서 사람들도 또한 마음에 거리낌이 없이 마음대로 나다니고 당장 저녁에라도 무슨 일이 일어나지 않을까 하는 근심이 없게 된 것이다. 진실로 만일 사람마다 항상 뜻밖에 무슨 변을 당하지나 않을까 하는 근심을 품는다면 무참할 지경으로 두려움에 싸여 종일 문을 걸어 닫고 들어앉아 있어도 그 걱정을 감당해내지 못할 것이다.

박지원의 글처럼 우리나라에서 산다는 것은 순전히 요행이다. 길은 길대로 하늘은 하늘대로 열차는 열차대로, 먹는 것 잠자는 것 사는 것 모두가 운이라고 할 수 있다.

온몸에 흥건하게 흘렀던 땀방울을 식히며 천천히 공산성을 올라가 쌍수정에서 자판기 커피를 눌렀다. 풀밭에 주저앉아 마시면서 "저승에도 이렇게 맛있는 커피가 있을까요?" 하고 권성일 씨에게 묻자 그는 빙그레 웃으며, "아마도 없을 것입니다" 하였다. 옆에서 과자를 먹고 있던 아이들은 "조금 전에 아빠 때문에 죽을 뻔했잖아요." 하고 투정을 부렸다.

공산성을 내려가던 길에 그림을 그리러 올라오던 한 무리의 아이들을 만났다. 그런데 그중에 한 아이가 뒤따라오는 아이에게 깎아지른 듯한 성벽을 가리키며 “이곳에서 떨어지면 어떻게 될까?” 하고 묻자 “아마 최하 사망일 거야” 하고 대답하는 것을 들었다. 그 말을 들으며 오늘의 시대는 아이들에게조차 죽음이 저렇게 밥을 먹고 잠을 자는 것처럼 일상적인 것이라는 생각이 들었다. 그런데 잠시 위험한 순간을 넘기고서 마치 지옥에서 살아오기나 한 것처럼 덤으로 살고 있느니 또는 구사일생했느니 하며 너스레를 떨었던 내가 얼마나 작아 보이던지……. 흐르는 금강의 탁한 물을 바라보며 잠시 한 치 앞도 내다보지 못한 채 허겁지겁 살고 있는 나를 돌아본 하루였다.

그렇다. 순간순간이, 그 짧은 찰나가 결국 우리들의 인생이다. 그렇다면 길 위에서 만난 우리들의 인연은 얼마나 소중한 것인가.

내가 잊어버리고 있는 것들

누군들 그 자신의 몸 즉, 건강에 신경 쓰지 않는 사람이 있으랴만 대부분의 사람들은 그저 괜찮으려니 하고 지내다가 어느 날 문득 청천벽력 같은 선고나 진단의 말을 듣는다. 그때는 이미 갈 데까지 가버려 다시는 옛 시절로 돌아갈 수 없는 그 지점에서서, 마치 헤밍웨이의 소설 『킬리만자로의 눈』에서처럼 죽음을 목전에 두고 아름다웠던 지난날들을 회상하는 안타까운 경우들을 많이 보게 된다.

소설 『킬리만자로의 눈』의 주인공인 해리는 미국의 중견작가로, 헬렌이라는 여인과 함께 아프리카로 수렵여행을 왔다. 소설은 이렇게 시작된다.

킬리만자로는 높이 1만 9710피트로 아프리카 대륙의 최고봉이며 눈에 덮인 설산이다. 서쪽 봉우리는 마사이 언어에 따르면 '신(神)의 집'이란 뜻으로 '느가이에 또는 느가이'라고 불리고 있다. 이 서쪽 봉우리 근처에는 얼어서 말라빠진 표범의 시체가 하나 있다. 과연 그 높은 산봉우리 위에서 표범은 무얼 찾으려고 했던 것일까? 그걸 설명할 수 있는 사람은 아무도 없었다.

"이상하군! 아픈 걸 느끼지 못하겠으니" 하고 그는 말했다.

"죽을 때가 된 게지."

"그래요."

해리는 킬리만자로 산기슭에서 사냥을 하다가 가시에 무릎이 찔려 죽음을 기다리게 된다. 헬렌은 돈 많은 과부인데 해리를 가슴속 깊이 사랑해 그를 위해 정성껏 간호한다. 상처가 괴저壞疽로 악화되어 죽을 것을 예감한 해리는 애인과의 대화를 통해 지나온 삶을 회상한다. 결국 그는 친구의 비행기로 눈 덮인 킬리만자로의 산봉우리 위를 날아가며 구조받았다고 생각하는 환상 속에서 최후를 맞는다.

"생각하건대 그의 재능을 파괴할 요소는 많았다. 과음(過飮)으로 인해 지각력이 무디어지고, 재능을 계속해서 쓰지 않았고, 따라서 자기 자신을 배반했던 것이다. 게으름과 타성(惰性)과 속물근성(俗物根性), 오만(傲慢)과 편견(偏見), 이수단 저 수단 가리지 않았던 결과가 이 지경이 된 것이었다."

"여보 뭔가 이상한 것을 느끼지 못하겠소?"

그가 그녀에게 물었다.

"아뇨, 조금 졸릴 뿐이에요."

"나는 이상스런 느낌이 들어."

그가 말했다. 그는 죽음이 바로 곁에 다시 온 걸 직감했다.

"당신, 내가 한 번도 잃지 않은 건 호기심이란 걸 알고 있지?"

그가 그녀에게 말했다.

"당신은 아무것도 잃어본 적이 없어요. 당신은 내가 만난 그 누구보다도 완전한 남자예요."

"저런!"

그가 말했다.

"여자들은 아무것도 모른다니까. 지금 그게 무슨 소리야? 당신 직관에 의한 건가?"

그때에 바로 죽음이 다가와 침대 다리에 머리를 기대었고, 그는 죽음의 입김을 맡았던 것이다.

"죽음이란 커다란 낫과 두개골을 갖고 있다고 믿지는 말아요."

그는 여자에게 말했다.

"죽음이란 건 자전거 타고 오는 경찰 아니면 커다란 새일 수도 있는 거라오. 그렇지 않다면 늑대처럼 커다란 코를 가진 놈일 수도 있어."

죽음은 이제 그의 위로 덮치고 있기는 하나 아무런 형상도 없었다. 단지 허공을 차지하고 있을 뿐이었다.

"저리 가라고 해요."

죽음은 그래도 가지 않고 더 다가왔다.

"너 지독한 악취를 풍기는구나. 이 사악한 녀석……."

그가 내뱉었다. 죽음은 더 가까이 다가오고 있었다. 그가 말을 못하는 것을 알고 죽음은 점점 더 다가섰다. 사나이는 이제 말도 하지 못하며 죽음을 밀어내려고 하였다. 그러나 죽음은 그에게 덤벼들어 그것의 무게가 그의 가슴을 누르고 있었다. 죽음이 거기에 웅크리고 있어서 그는 움직일 수도 말할 수도 없었다. 여자의 말하는 소리가 들려왔다.

"주인께서 지금 주무세요. 그러니까 이 침대를 가만 가만 들어서 텐트 속에 옮기세요."

죽음을 쫓아달라고 그녀에게 말하려 했으나 말이 나오질 않는 것이었다. 죽음은 이제 점점 더 죄어들고 있었다. 숨을 쉴 수가 없었다. 그러나 침대가 들려져 있는 동안 갑자기 모든 게 정상적으로 되고 가슴을 누르던 느낌도 사라졌다.

『킬리만자로의 눈』을 읽다가 보면 그토록 격정적으로, 또는 피해망상으로 점철된 삶을 살았던 것도 한 조각 물거품처럼 부질없다는 것을 느끼게 된다.

그런 의미에서 미셸 뵈외샹주의 『스마라, 여행노트』에 실린 글은 어쩌면 나에게 그리고 우리에게 던지는 일종의 경고인지도 모른다.

편안한 날들에 우리가 그토록 걱정하는 이 연약한 몸, 우리의 재산, 다시는 원상회복되지 않는 이 치아, 이 머리털, 이 주름살, 하루하루 닳아지고 있는 이 재화, 이 재산, 허물어져 부서지는 것이기에 우리가 언짢아하며, 아쉬워하며, 슬퍼하며 생각하는 이 연약한 몸, 여기서는 단순한 행위의 도구, 너는 마치 물건을 살 때 쓰는 돈 같이 취급되고 있구나. 그렇지만 우리가 구입하는 물건들은 우리 필멸의 생존을 위하여 금고 속에 보관해 놓으니, 없어지지 않는데.

우리가 쓰지도 않은 채 보관해두고 있는 그 물건들은 저 혼자 빛을 내고 있는데, 우리를 살게 하는 그 중요한 것들은 어디에서 잊혀감을 아쉬워하며 혼자 한숨짓고 있는 것은 아닌지.

한강을 건너던 기억

강 발원지에서 하구까지 한 발 한 발 따라 걷는다는 것은 쉬운 일이 아니다. 잘 닦인 도로와 달리 강 길은 끊어지기 일쑤이기 때문이다. 한강을 따라 걸을 때의 일이다.

정선군 북평면 문곡리에서 점심으로 얼큰하고 들큰한 매운탕에다 커피까지 마시고 기분 좋게 출발했다. 그런데 상정바위 아랫자락에서 벼랑이 나타나면서 그만 길이 없어지고 말았다. 돌아갈 수도 없고 별 도리가 없다. 얕은 내도 깊게 건넌다는 속담을 곱씹으며 물을 건너가기로 하였다. 여울진 강을 건너는데 바위들에 부유물질이 끼어 왜 그리도 미끄러운지, 카메라가 물에 잠길세라 한 발 한 발 뗄 적마다 바위를 헤치다 보니 발가락이 너무 아프다. 에라 모르겠다, 옷이고 신발이고 젖어도 괜찮다 마음먹고 건너도 물살은 왜 그리도 센지. 조심조심 걷지만 그래도 발이 아프다. 바라보면 강 건너는 아직도 멀다. 하여간 넘어지지만 말자.

깊은 강물의 돌을 손으로 들어내고 발로 휘저어가며 무사히 건너긴 건넜는데 웬걸, 김형곤 씨와 손동명 씨는 칼날 같은 바위에 베어 피까지 나고 말이 아니다. 부상자가 속출했으니 고생도 고생이지만 오전에 벌어놓은 시간을 호박씨 까서 한입에 털어 넣은 격이다. 그래도 다행히 누구도 넘어지지 않고 대장정을 마쳤다. 일 분이면 건널 거리를 십오 분의 사투 끝에 팬티까지 흠뻑 젖어 건너왔지만 물 마사지를 한 탓인지 다리가 한결 부드러워졌다. 그렇다. 모든 행복이나 불행은 더불어 온다.

강에 인접한 길을 따라 걷다가 보니 인도 기행 전문인 혜초여행사가 운영하는 정선자연학교가 나타난다. 조금 쉬었다 가기 위해 나무 그늘 밑에 배낭을 내려놓는데 관리인인 듯싶은 사람이 다가온다. 어딘가 낯익다 싶어 자세히 보니, 웬걸, 여성 산악인 남난희 씨였다. 그는 부산 금정산을 출발, 낙동정맥을 지나 진부령까지 백두대간을 최초로 종주했던 사람이다. 우리가 청학동과 섬진강 일대를 답사할 때 청학동의 찻집 '백두대간'에서 만나고 헤어졌던 남난희 씨를 이곳에서 만나다니, 김성규 씨는 "남난희 누님"하며 반색을 한다.

남난희 씨가 국토의 맥과 얼을 찾기 위해 산행을 시작했던 것은 1984년 1월 1일이다. 3월 16일까지 76일간에 걸쳐 금정산, 신불산, 가지산, 향로봉, 주왕산, 백암산, 통고산, 태백산, 두타산, 석병산, 황병산, 동대산, 한계령, 진부령에 이르는 산길을 걸었다. 도상 거리는 약 590여 킬로미터지만 실제 걸어간 거리는 800여 킬로미터에 이르렀다고 한다. 그가 넘었던 산들 중 1000미터 고지를 넘는 봉이 50여 군데에 이르렀고 그 후에도 계속 수많은 고개와 령, 봉, 재를 넘었다고 한다. 남자도 아니고 여성 혼자이기 때문에 느끼는 외로움도 있었을 것이지만 엄동설한 속에 진행된 산행이라서 매서운 찬바람과 눈보라가 무엇보다 그를 힘들게 했을 것이다.

요즘엔 호남정맥, 금남·금북정맥, 낙동·낙남정맥 등을 종주하는 사람들로 북적거리는 백두대간이지만 1984년 그때만 해도 백두대간이라면 생소하기 이를 데 없는 단어였으니 오죽이나 힘들었을까? 남난희 씨는 그 산행을 마친 후 1986년에는 강가푸르나봉(7455미터)을 여성으로서는 세계 최초로 등정했고 1989년에는 토왕성 폭포를 두 차례나 등반했다. 그러나 통일이 되는 날 진부령, 금강산을 거쳐 원산의 명사십리를 바라보며 함경산맥을 지나 러시아에 이르는 구경까지 걸어가리라는 그의 바람은 아직까지 이루어지지 않고 있다.

이성부 시인은 「청학동에 사는 남난희」라는 시에서 그와의 인연을 다음과 같은 시로 남겼다.

세석에서 내려오니 남난희가 있더라
키를 넘는 산죽 밭 헤쳐서 몇십 리
삼신봉 아래 청학동 골짜기
물어물어 찾아드니 그녀는 찻집 주인
다섯 살짜리 아들 이리 뛰고 저리 뛰어
내 마음 어디로 가는 길을 잃었구나

남난희 씨가 끓여준 차 한 잔을 마시며 인연이라는 것을 생각했다. 그래, 인연은 이런 것이로구나. 과거와 현재가 이렇게 새롭게 이어질 수 있다니.

"사람이 오고가는 것은 인연이 합해져 삶이 되고, 인연이 다해 죽음이 된다"고 부처님은 말씀하셨는데, 우리들의 인연은 그 무슨 인연인지.

"과거의 기억이 그대에게 기쁨을 줄 때에만 과거를 생각하라." 제인 오스틴의 『오만과 편견』에 나오는 이 말처럼 만남이 기쁨이 기쁨이 되었던 시간을 보낸 그날 밤, 내내 피로에 지쳐서 그런지 잠이 들지 않았다. 꿈인지 생시인지, 내가 한때 살았던 어린 날의 고향집이 떠오르면서 더불어 최치원의 「비 내리는 가을밤에」라는 시 한 편이 아련하게 가슴을 후비고 지나갔다.

가을바람에 괴로이 부르는 노래
세상에는 알아줄 벗이 적구나.
창밖엔 삼경 비 저리 내리고
등불 앞 만 리나 아득한 마음

그 다음 날에도 정선군 정선읍 용탄리의 조양강에서 큰 내를 건넜다. 갈 수가 없어서 산길로 접어드는데 마을 주민이 우리에게 한 말 때문이었다.

"이걸 못 건너가요? 동네 사람들은 술 마시고 비틀비틀 허면서도 다 건너가요. 아줌마도 건너가는데 장정들이 못 건너가요?"

그 말을 듣고 안 건너갈 수가 없어, 에라 죽이 되건 밥이 되건 건너가 보자 하였다. 신발을 벗고 양말을 벗고 건너니까 아닌 게 아니라 건널 만하다. 어제보다 자갈도 덜 미끄럽고 물살도 세지 않다. 강폭이 넓어서일까? 그러고 보면 모든 것들이 사람 마음먹기에 달렸다.

이렇게 저렇게 가다가 보니 사람의 마음만큼이나 강폭은 더욱 넓혀져 가는 것을…….

낙동강을 건너던 기억

●

낙동강, 내가 가장 힘들고 외롭게 걸었으면서도 가장 나를 돌아보며 걸었던 강이 바로 낙동강이다. 천삼백 리 낙동강 물줄기를 떠올리다 보면 문득 다시 가고 싶은 곳이 석포에서 명호까지의 강 길이다. 혼자서 고독하게 걸었던 길이기도 하지만 수많은 갈림길과 벼랑 그리고 길 없는 길을 만났을 뿐만 아니라 철길에서의 악전고투는 물론이고, 그 세찬 강물을 두 번이나 한 발 한 발 힘겹게 건넜던 기억 때문이다.

당시의 기억은 이렇다. 한참 강을 따라 걷다 보니 강물이 휘돌아가는 저 멀리에 건물 한 채가 보이고 바로 아래는 벼랑이었다. 내려온 길은 되돌아갈 수도 없이 멀어 일단 가보기로 하였다. 건물은 임기소수력발전소였는데, 무작정 발전소에 들어가 직원들에게 어떻게 하면 강을 따라 가겠느냐고 물었다.

"산을 넘어가는 것은 불가능합니다. 방법은 저 여울을 건너 벌초하는 사람들이 내놓은 강 길을 따라 합강나루까지 가는 것뿐입니다."

강물을 건너는 일이 가능할까? 의아해하는 나에게 "수력발전소 물이 산을 뚫고 바로 아랫부분으로 흐르기 때문에 강물이 많지 않고 강의 돌들이 그다지 미끄럽지 않습니다"하고 거듭 말한다.

건너갈 수 있으리란 희망을 가지고 다시 길을 나섰다. 강가에 떠내려온 나무 중에 튼실한 지팡이부터 챙기고 배낭을 정리한다. 카메라를 두 겹의 비닐에 넣고 신발과 양말을 벗었다. 무릎이 훨씬 넘는 물길에도 세 개의 발로 버티니 다리가 후들거리지 않고 건널 만하다. 이 물살을 얼마나 여러 번 건너야 낙동강의 하구에 닿을 수 있을 것인가 생각하는 사이 어느덧 나는 강 건너편에 닿아 있었다. 그래, 모든 것이 사람 마음먹기에 달린 것을 우리들은 그저 처음부터 '가능하지 않다' '할 수 없다' 하고 포기하는 것은 아닌지.

그때 그 강을 건넌 것은 실상 아무것도 아니었다. 그다음에 길 없는 강가를 걸어가면서 얼마나 악전고투를 겪었던가. 오랜 시간을 걸어서 삼동리에 이르고 멀고 먼 산길을 돌아 명호에 도착하여 그다음에 청량산 자락을 걸었다. 그리고 안동시 도산면 가송리의 퇴계 오솔길을 지나서 도산면 토계리 면천에서 또다시 난관에 봉착했다.

강가를 따라서 배추밭의 끝까지 따라가 보니 벼랑이 나타난다. 도리가 없다, 강 건너 백운지 마을까지 건널 수밖에. 가보자. 카메라 때문에 짐을 비닐로 두 번을 묶고서 건너려는데 자꾸만 망설여진다. 넓고도 깊은 저 강을 과연 수영도 못하는 내가 건널 수가 있을까? 자신이 없다. 짐을 다시 풀고 벼랑까지 가보지만 도저히 가능하지가 않다.

두 번씩 배낭을 다시 싸고 풀고 한 끝에 어쩔 수 없이 든든한 지팡이 하나 만들고 낙동강을 건넌다. 되도록이면 여울을 따라가고 모래를 밟자. 미끄러운 자갈보다 모래는 안심하고 딛어도 좋다. 자갈을 밟을 땐 미끄러움을 제거한 뒤 밟고, 중요한 것은 지팡이를 제대로 짚자. 두 발보다 세 발이 왜 필요한가를 강을 건너면서 안다. 강물은 무릎을 넘고 드디어 속옷 아랫부분까지 적신다. 서두르지 말자, 당황하지 말자, 강물이 드세게 나를 내밀지라도 한발 한발 조심스레 옮기자. 가긴 가는데 왜 그리 낙동강 저편은 멀고도 먼지 온갖 상념들이 다 떠오른다.

하지만 중요한 것은 어떤 경우에도 넘어지지 말자, 쓰러지지 말자. 내가 무너지면 강물은 발원지에서부터 따라 내려온 오랜 친분도 잊은 채 내 온몸을 휩싸고 흐를 것이다. 나는 결정적으로 헤엄도 못 치지 않는가?

강 저편을 보니 아직도 멀기만 하다. 머리가 아찔아찔하면서 떠오르는 글 한 편, 니체가 『짜라투스트라는 이렇게 말하였다』에 남긴 글이다.

인간은 짐승과 초인 사이에 걸려 있는 하나의 밧줄이다. 하나의 심연을 건너가는 밧줄인 것이다. 건너가는 것도 위험하고 그 위에 있는 것도 위험하고 뒤를 돌아보는 것도 위험하며 겁내는 것도, 또한 멈춰 서는 것도 위험하다.

돌아갈 수도 건너갈 수도 없는 그러나 가야만 하는 이 난감함. 그래도 방법은 오직 하나, 건너가는 것뿐이다. 드디어 강 저쪽에 내 발이 닿았다. 겨우 건너 바라본 강 저편, 줄지어 서 있는 포플러나무는 아무 일 없었다는 듯이 평화롭게 서 있다. 배낭을 벗은 후 낙동강 물에 머리부터 감는다. 땀으로 인해 얼굴에 흐르는 물은 짜디짜다. 내가 건너온 낙동강을 바라보며 고대 신화 속의 강들을 떠올려본다.

저승에는 다섯 개의 강이 존재한다고 기록되어 있다. 스틱스, 아케론, 플레게톤, 레테 등 다섯 개의 강 중 스틱스는 증오의 강으로 알려져 있다.

스틱스는 저승을 아홉 차례 감도는 강으로 그 강의 뱃사공인 카론이 죽은 자를 하데스로 인도한다.

이문열의 소설 『레테의 연가』에 나오는 레테는 저승 앞을 흐르는 망각의 강이다. 그 강을 건너면 현세의 추억들은 남김 없이 사라진다고 한다. 내가 강을 건너온 것처럼, 살아가는 동안 우리는 무수한 강을 건너며 기억을 잊거나 지우는 게 아닐까? 죽고 나면 이 강을 건넌 나의 기억 또한 사라지고 새로운 사람으로 다시 태어날 수 있을까? 아니면 망각의 강을 건넌 뒤에도 현세의 추억들을 잊어버리지 못하고 저승의 신 하데스 앞 걸상에 앉아 잊어버리기를 기다리고 있을까?

스틱스는 그 강물과 접촉한 사람에게 초자연적인 능력을 부여했다고 한다. 그런 이유 때문에 아킬레우스의 어머니인 레티스는 아킬레우스가 갓 태어났을 때 스틱스 강물에 담가 그를 무적으로 만들었다고 한다. 하지만 그를 강물에 넣을 때 발목을 잡았기 때문에 그 부분이 강물에 닿지 않았고 따라서 그 부분이 약점이 되어 그를 죽음으로 이끌었던 것이 아킬레스건으로 현대의 사람들에게 알려져 면면히 이어지는 것이다.

강물은 흐르고 그 강을 건너 사람의 마음도 흐른다. 그래서 이렇게 천연스럽게 강을 건너던 고초를 잊어버리고 쓸데없는 생각으로 힘겹게 건너온 물길을 잊어버리는 것이 사람이다. 그 뒤로도 나는 그렇게 힘들게 건넜던 강에 대한 추억을 잃어버리고 수도 없이 바다와 인접한 강과 내를 건너고 또 건넜으니.

익숙한 길에서 길을 잃다

지난 어느 화요일의 일이다. 남원에서 섬진강에 대한 강연을 끝내고 택시를 불러 남원 북부정류장에 도착하자 오전 열한 시 삼십 분에 전주로 가는 직통버스가 있었다.

전주까지 한 시간이면 가니까 전주에서 점심을 먹을 생각으로 차표를 사고 차를 기다리는 사이 버스가 왔다. 네댓 명의 승객이 함께 탔는데 버스표를 내밀자 내릴 적에 받겠다고 하여 그냥 올랐다. 차는 흔히 있던 호남고속이 아니고 동광여객이었다. 동광여객은 전남 지역을 운행하는 곳이라고 알고 있는데, 요즘에는 버스회사들이 하도 다른 지역으로 외형을 넓히다 보니 전남의 차들이 전주까지 진출했는가 보다 생각하였다.

그 사이 버스는 전주로 가는 길과 88고속도로로 가는 길로 갈라지는 길목에서 고속도로 방향을 향하고 있었다. 오랜만에 전주 가는 차를 타다 보니 그 사이 버스가 경로가 바뀌어 고속도로를 향해 가다가 전주로 빠지는가 생각하고 말았다. 그렇게 남원 IC를 통과해서 광주 가는 길로 휘어 도는 찰라, 그제야 불현듯 '차를 잘못 탔구나!' 하는 생각이 번뜩 들었다. 혹시나 하여 "이 차가 전주 가는 버스가 아닌가요?" 하고 물으니 아니나 다를까, "이 차는 광주 가는 찹니다. 어서 내리세요" 하는 게 아닌가.

사람들의 웃음소리를 뒤로하고 차에서 내렸다. 햇살은 밝았지만 날은 차디찼다. 다시 금세 차로 통과했던 남원 IC를 걸어서 빠져나오던 길. 내가 까막눈 할아버지도 아니고 명색이 글을 써서 밥벌이를 하고 살면서 고작 버스 행선지를 잘못 보고 타다니. 세상의 길을 몇 십 년 동안 떠돌아다녔으면서 전주 가는 버스와 광주 가는 버스 하나 분간하지 못하고 익숙한 길에서 길을 잃다니……. 정류장으로 돌아와 전주 가는 버스를 재차 확인하여 타고 가면서 허탈한 웃음이 나왔다.

나는 무엇에 홀려서 살고 있는가? 아니면 살아온 날이 제법 오래되어 매사에 무뎌져서 이것저것 가릴 것을 못 가리고 살아가는 것은 아닌가? 스스로 무참하면서 우습기도 해서 비실거리며 웃었던 그 순간도 지나고 나니 하나의 추억으로 남았다.

아직도 불안한 내 걸음걸이

자기의 걸음걸이가 어떤지 제대로 아는 사람은 많지 않을 것이다. 타인을 통해서 내가 모르는 나의 걸음걸이에 대해 들을 때면 곤혹스럽기도 하고 미심쩍기도 하고 그래서 걷는 것이 더욱 신경 쓰인다. 처음 그랬을 때가 내 나이 열하고도 일곱이었을 때다.

"너는 걸으며 춤을 추는구나." 이 한마디가 지금도 가끔씩 나를 멋쩍게 하는데, 춤이라면 치읓도 모르는 내가 당시에는 얼마나 얼굴이 화끈 달아올랐는지, 지금도 길을 걷다가 한 번씩 내 걸음걸이에 대해 의문을 품고는 한다. 나의 걸음걸이는 어떨까? 많이 변했을까? 그때 그대로일까?

주변에서는 내가 걷는 것에 대해 말이 많다. 어떤 친구들은 나더러 춤을 추는 것 같다고 하고, 스머프 김미숙은 나더러 술에 취해 걷는 것 같다고 한다. 2010년 가을, 방송 차 며칠을 두고 함께 거닐었던 방은진 감독은 내게 다음과 같이 말했다.

"선생님 걸음은요, 마치 어린 노루 새끼가 천진하게 뛰어가는 것과 같아요."

그것도 듣고 보니 그럴 법하다.

나는 걷는 법을 배웠다. 그 후로 나는 나를 줄곧 달리게 했다. 나는 나는 법을 배웠다. 그 후로 나는 밀려난 다음에야 움직이기 시작하는 일은 없었다.

이제 나는 가벼워졌고, 이제 나는 날고, 나는 나 자신을 내려다보고, 이제 나를 통해서 신들이 춤을 춘다.

니체의 『차라투스트라는 이렇게 말하였다』의 「독서와 저술」에 실린 글이다. 걷다가 달리고, 그 다음에 날다가 춤을 추는 그 단계에 이를 수 없는 나는 걸음마를 시작한 뒤부터 지금까지도 세상의 길을 그저 걷고 또 걸을 뿐이다.

"풍경이었다가, 방이었다가"라고 노래한 발터 벤야민의 걸어가는 모습을 보고 그의 친구는 다음과 같이 묘사했다.

나는 그가 똑바로 앞을 보고 걷는 것을 본 적이 없는 것 같다. 그의 걸음걸이를 보면, 틀림없이 그임을 알 수 있다. 어딘가 구슬프고 머뭇거리는 걸음걸이다. 아마도 근시 때문이었을 것이다.

내가 모르는 내 걸음걸이를 어떤 사람들은 아무 힘이 없는 사람처럼 걸어가기 때문에 잘 걷는다고 더러 모방도 하지만, 어디 그게 비결일까? 사람들 제각각 다른 방법의 걷기를 수십여 년간 해왔는데 걷기에 무슨 뾰족한 요령이 있을 턱이 없다. '걷기의 달인'이라는 말 그대로 저마다 다 걷기의 고수이기 때문이다.

"수많은 날들이 지나고 나서야 비로소 올바른 속도로 걷고 있다. 육체와 정신이 걸음걸이의 흔들림 속에서 조화를 이루었다"는 누군가의 말과 같이, 그 오랜 세월동안 나는 세상을 너무 많이 걸었다. 걷다가 지치지 않은 것만 해도 다행이다. 얼마나 더 걸어야 지치거나 아니면 걷기를 멈출 것인가? 내 걸음걸이가 타인에게 폐는 안 끼치는가? 그러면서 나는 오늘도 내 일도 길을 걷는다.

당신의 걸음걸이는 어떠하고 그중에서도 마음속 걸음걸이는 어떠한가?

고난은 나의 힘, 슬픔도 나의 힘

•

살다가 보면 어느 순간 가슴이 탁 막히며 삶의 동력을 잃어버릴 때가 있다. 어떤 위기에 빠지거나 목표를 잃어버린 채 삶의 끈을 놓아버리고 싶은 그런 순간이 있다. 문득 삶의 무게가 너무 버겁게 느껴지는데 누군가에게 도움을 청하거나 스스로 빠져나오지 못하는 때가 누구에게나 있지 않은가? 지나고 나면 그다지 큰 문제가 아닌 경우가 많지만 힘들고 괴로운 당시에는 그 순간을 견뎌내는 것이 어려운 문제다.

그러한 순간을 수없이 이겨낸 독일의 철학자 니체는 다음과 같이 말했다.

> 등산의 기쁨은 정상을 정복했을 때 가장 크다고 한다. 그러나 나의 최상의 기쁨은 험악한 산을 기어오르는 순간에 있다. 길이 험하면 험할수록 가슴이 뛴다. 인생에 있어서 모든 고난이 자취를 감췄을 때를 생각해보라. 그 이상 삭막한 것이 없으리라.

'역경에 처했을 때 가슴이 뛰어 논다.' 얼마나 경이로운 말인가. 세네카 역시 이와 비슷한 말을 남겼다.

괴로움을 겪지 않고서는 어떤 사람도 숭고하게 될 수는 없다. 괴로움은 영혼을 숭고하게 만든다. 괴로움을 견디면 견딜수록 비천한 인격은 점점 자취를 감추고 사상적 감정과 의지가 순화되어 고상하고 의젓한 기품을 갖게 된다.

괴로움을 고상한 영혼을 만드는 데 없어서는 안 되는 일종의 통과의례로 보았던 것이다. 평생을 가난과 고통과 죽음에 대한 공포 속에서 보낸 도스토예프스키는 "인생은 괴로움이다. 인생에 괴로움이 없다면 무엇으로써 만족을 얻을 것인가?"라며 인생의 괴로움에 대해 초월한 말을 남겼다. 하지만 말이 쉽지, 괴로운 인생의 시기를 견뎌낸다는 것이 얼마나 어려운가?

삶이 시작되면서부터 내게 부여된 인생의 괴로움 때문에 하루를 허둥지둥 보내고 지금은 체념한 자세로 멍하게 보내는 새벽 시간이다. 삶이여! 더도 덜도 아닌 내 인생이여, 고난도, 슬픔도 나의 힘이라 여기던 시절이 있었고 그 시절은 지금도 진행형이다.

그래, "나그네에게 유일한 즐거움은 참고 견디는 것뿐이다"라는 헤세의 『유리알 유희』의 한 구절이 어쩌면 그렇게 합당한 말인가…….

익명의 떠돌이로 살기

자살로 생을 마감한 『등대로』의 작가 버지니아 울프는 걷기를 매우 사랑했다. 그가 남긴 글을 보자.

화창한 저녁 4시에서 6시 사이에 집을 나설 때 우리는 자아(친구들이 나를 알아보게 하는 것)를 떨쳐버리고 익명의 떠돌이로 구성된 거대한 공화국 군대의 일부가 된다. 방 안에서 고독에 충분히 잠긴 뒤에 이들과 함께 있는 것은 퍽 기분 좋은 일이다.

그는 길을 걸으면서 길에서 만난 수많은 사람들을 관찰하여 다음과 같은 글을 남겼다.

이들의 인생 속으로 조금은 파고들 수 있었다. 이 정도만 들어가도 우리는 사람이 하나의 마음에 매어 있는 것이 아니라 잠시 몇 분쯤은 다른 사람들의 몸과 마음에 들어갈 수 있다는 환상을 갖게 된다. 우리는 세탁부도 될 수 있고, 술집 주인도 될 수 있고, 거리의 악사도 될 수 있다. 이러한 익명성을 통해 단단한 껍데기인 우리 영혼의 배설물(자기 혼을 다른 영혼과 구별하기 위해 만들어낸 특정한 형태)은 부서진다. 울퉁불퉁한 껍데기는 사라지고 껍데기 속의 굴처럼 지각만 남는다. 거대한 눈동자만 남는다. 겨울의 거리는 너무나 아름답다. 그러나 동시에 가려지는 거리.

버지니아 울프의 『거리의 배회』에 실린 글이다.

익명의 장소에서 다른 누군가의 삶 속으로 섞여 들어갈 수 있다는 것은 얼마나 즐거운 일인가. 익명성이 보장되는 곳, 아무도 자신을 알아보지 않는 곳, 그런 곳을 사람들은 갈망한다. 대낮에 맨몸으로 거리를 활보해도 아무 거리낌이 없는 곳에서 해방된 자유를 만끽하기를 꿈꾼다. 하지만 막상 그런 기회가 생기면 쉽게 일상을 내려놓고 가지 못한다. 이미 세상의 풍습에 길들어 있기 때문이다.

최인훈의 장편소설 『광장』에 그러한 예가 등장한다. 주인공 이명준은 어느 쪽의 이념도 선택하지 못하고 제3국, 중립국을 택하는 인물이다.

중립국. 아무도 나를 아는 사람이 없는 땅, 하루 종일 거리를 싸다닌대도 어깨 한 번 치는 사람이 없는 거리, 내가 어떤 사람이었던지도 모를뿐더러 알려고 하는 사람도 없다.

병원 문지기라든가, 소방서 감시원이라든지, 극장의 매표원, 그런 될 수 있는 대로 마음을 쓰는 일이 적고, 그 대신 똑같은 움직임을 하루 종일 되풀이만 하는 일을 할 테다. 나는 문간을 깨끗이 치우고 아침저녁으로 꽃밭에 물을 준다. 원장 선생이 나올 때와 돌아갈 때는 일어서서 경례를 한다. 간호부들이 시키는 잔심부름을 기꺼이 해줘야지. (중략) 이런 모든 것이 알지 못하는 나라에서는 이루어지리라고 믿었다. 그래서 중립국을 선택했다.

하지만 아무도 없는 모르는 곳에서 익명으로 살고자 했던 그는 결국 그 곳에 도착해 그가 바라던 생을 살아보지 못하고 남지나해에서 자살을 택하고 만다.

익명의 삶을 살건 실명으로 삶을 살건, 우리는 대다수의 세상 사람들에게는 어쩔 수 없이 익명의 타인이다. 세상에 대한 집착과 미련을 버리고 그렇게 이름 없는 삶으로 미련 없이 살다 갈 수 있을까? 또 그렇게 사는 것이 내게 맞는가? 혹은 진실된 삶인가? 아직은 잘 모르겠다. 다만, 사는 것 자체가 만만치 않다는 것에는 변함이 없다. 우리는 그저 오늘 주어진 현재를 치열하게 사는 것, 그것만이 진실이라고 말할 수 있을 뿐이다.

바닥난 꿈을 채우기 위해 걸었다

무심결에 TV 채널을 돌리다 우연히 대중가수 나훈아의 기자회견을 보게 되었다. 그가 한참 세간의 스캔들에 휘말렸을 때의 일이다. 이런저런 변명과 자기변호의 말을 먼저 늘어놓을 것이라는 예상과는 다르게, 그는 그 자리에서 자신의 꿈에 대해 이야기했다.

제 가슴에 꿈이 없으면 노래를 못합니다. 지난번 마지막 공연을 마치고 계단을 내려오며, 내가 꿈이 바닥나 다시는 공연을 하지 못할지도 모르겠다고 생각했습니다.

꿈이 차야, 꿈이 가슴에 가득해야 노래를 할 것 같아서, 삼척에서부터 강원도, 선비들이 한양까지 걸어갔던 그 길을 서울을 향해 걸었고(그의 말대로라면 동대문에서 평해까지 이어지는 관동대로를 거꾸로 걸은 것이다), 남원 거쳐 뱀사골에서 산청 쪽을 향해 강 길을 걸었습니다(그 길은 통영대로다). 그래도 아는 사람이 많아 외국으로 나가 여행을 많이 했습니다.

그런데 괴소문이 끝을 모르고 이어졌고 시집도 안 간 노처녀들까지 이어져, 지난 일요일 기자에게 전화를 걸어 결국 기자회견을 자청할 수밖에 없었다는 말이다. 그래, 알 수 없는 것이 세상의 일이고, 사람의 일이다.

스스로의 작은 성취감이나 이익을 위해, 기자들의 말에 따르면 알 권리를 위해, 사람들은 남의 상처는 아랑곳하지 않고 남의 목숨까지 왔다 갔다 하는 일들을 주저함도 없이 정의라는 이름으로 저지른다. 그러나 서로가 다름을 인정하고 존중하며 사는 것이 바른 삶의 자세가 아닐까?

인생 여정의 발걸음 그 무엇과 같으리.
바로 나는 새가 쌓인 눈을 밟은 것과 같다 하리.
눈 쌓인 흙 위에 우연히 발자국 남기지만
그새 동(東)으로 갔는지 서(西)로 갔는지 어찌 알 수 있으리!
옛날에 만난 노승은 이미 죽어 새로운 사리탑이 들어서고
허물어진 벽에는 옛 시의 자취를 볼 수 없도다.
지난 날 험난했던 여정 아직 기억하는가?
긴 노정에 사람은 지치고 절름발이 당나귀는 울어대네.

소식의 시 한 편이다.

우리 모두는 누구나 금세 왔다가 금세 사라져야 하는 운명을 지니고 태어났다. 그렇지만 누구에게나 꿈이 있다. 꿈이 있는 사람은 아름답다. 문득 나훈아가 다시 보였다. 그의 말대로 엉망진창이 된 그의 가슴에 꿈이 가득 채워져 다시 그 꿈을 펼칠 수 있는 시간이 빨리 왔으면 좋겠다.

노래도 많은 것을 이야기하지만 사람은 진실을 말할 때가 가장 아름답다.

마음에 담겨 있는 길

•

어떠한 길도 다만 하나의 길에 불과하다. 혹여 마음이 원치 않는다면 그 길을 버리는 것은 너 자신이나 남에게 전혀 무례한 일이 아니다. 모든 길을 가면서 세밀하게 관찰하라. 필요하면 몇 번이고 시도하라. 그런 다음 오직 너 자신에게 이 한 가지를 물어보라.

"이 길이 마음에 담겨 있느냐."

마음에 담겨 있다면 그것은 좋은 길이고 그렇지 않다면 그 길은 소용없는 길이다.

서울 마포의 어느 레스토랑 벽에 걸린 이 글이 문득 가슴을 치고 지나갔다. 길은 수없이 여러 갈래로 뻗어 있다. 길을 걷다가 갈림길을 만났을 때 우리는 그 수많은 길들 중에서 단 하나의 길만을 선택할 수 있다. 선택하지 않은 길에 대한 아쉬움은 언제나 앞으로 나아가는 내 발목을 붙든다. 진정으로 나는 내 마음에 담겨 있는 그 길을 찾아서 왔던가? 아니면 그 길 외에도 수많은 길들이 있었고 어쩌면 지금보다 더 나은 길이 있었음에도 내가 선택한 길만이 삶이고 진리라고 여기며 살아왔던 건 아닌가?

그랬다. 언제나 갈림길에 서면 우리는 어디로 가야할지를 몰라서 망설이게 된다. 곁에 누군가가 있다면, 아니면 먼발치에 누군가가 있어 뛰어가서 물을 수 있다면 좋으련만 길을 물을 사람도 없는 그런 경우기 많다.

하지만 그조차도 나를 위해 마련된 시간이었다. 그 시간을 살다보니 예까지 이르렀다. 꽃이 피고 지고, 비 내리고 눈 내리는 시간 속에 살아온 많은 나날. 그 길들이 눈앞에 활동사진처럼 스치고 지나가는 시간 속으로 지금 바람이 불고 비가 내리고 있다.

비가 오고 있다.
여보
움직이는 비애(悲哀)를 알고 있느냐
(중략)

그러나 여보
비오는 날의 마음의 그림자를
사랑하라
너의 벽에 비치는 너의 머리를
비가 오고 있다. 움직이는 비애여
(하략)

김수영의 시 「비」의 몇 소절이 가슴을 치며 지나간다. 시인이 말한 '움직이는 비애'는 내가 매일 '건너가는 강'이나 다름없는 것인지도 모른다.

가만히 좀 기다려 봐

•

먼 길을 가다가 경관이 빼어난 곳에 이르러 잠시 쉬다 보면 일어나기가 싫다. 이대로 아름다운 풍경 속에 머물면서 한 세상 잊고 싶어진다.

정이천 선생이 『근사록』에서 말하기를, '고요히 앉아서 만물을 보면 자연은 모두에 봄의 뜻이 있다'고 하였는데, 갈 길이 멀다보니 사물 내면에 깃든 뜻을 알아보기는커녕 바로 눈앞에서 흘러가는 여름이나 오는 가을을 가만히 보는 것조차 쉽지 않다. 그래서 '세상의 모든 것이 자연이 아닌 것이 어디 있으랴' 하고서 바라보면 달리는 차들도 흐르는 구름도, 두서가 없는 내 마음까지도 자연이 아닐까 하는 실없는 생각이 든다.

수많은 자연 풍경 속에서 우리는 자신을 재발견하고 유쾌한 전율을 느끼곤 한다. 이것이 가장 아름다운 제2의 자아이다. 바로 다음과 같은 곳에서 그러한 감정을 느끼는 자는 얼마나 행복할 것인가. 끊임없이 볕바른 10월의 대기 속에서, 하루 내내 장난치며 즐거워하는 바람의 유희 속에서, 이 가장 순수한 밝음과 가장 부드러운 그늘 속에서, 어마어마한 만년설 옆에서도 아무런 두려움도 느끼지 않고 가로놓인 이러한 고원의 저 전체적으로 우아하고도 엄숙한 구릉·호수·숲의

분위기 속에서, 이태리와 핀란드를 한데 결합시켜 놓은 것 같은 이곳에서 그리고 자연의 온갖 은색조(銀色調)의 고향인 듯이 여겨지는 이곳에서, 또한 이렇게 말할 수 있는 사람은 얼마나 행복할 것인가.

'자연에는 분명 이보다 더 웅장하고 아름다운 곳이 있으리라. 하지만 바로 이곳이야말로 내게는 친근하고 믿음직스럽고 피로 맺어진, 아니 그 이상으로 생각된다.

니체의 『자연이라는 제2의 자아』라는 글에 나오는 구절이다.

"내가 풍경이 된다는 것은 지상과 하늘이 잠시 입을 맞추는 것이다"라는 옛사람의 말은 얼마나 가슴을 설레게 하는가?

그래, 사실 인생이 별 것이 아니로구나 하면 진실로 별것이 아니다. 경관이 더할 나위 없이 빼어나 그곳에 마음을 빼앗기고 말았다면, 이제와 목적지에 이른들, 정상에 오른들 무슨 소용이겠는가. 특별할 것 없는 세상, 초연하게 살아가는 것도 좋지 않겠는가.

사실 나는 이미 알고 있었다. 뭔가에 오르려고 허둥지둥 살 필요가 무에 있으리! 부귀는 내가 추구하는 바가 아니다. 신선의 경지도 가볼 기회가 없을 것이다. 좋은 시절은 단 1초라도 아껴가며 몸소 그것을 즐긴 다음, 흔쾌히 시간을 내어 더욱 의미 있는 일을 할 것이다.

도연명의 「귀거래사」 한 대목이다.

그렇게 생각하고도 막상 걸어 온 길 뒤돌아보고 가야 할 길 바라다보다 보면 어디선가 들리는 소리, '가만히 좀 느긋하게 풍경을 바라보면서 걸어가면 안 돼?' 나직하게 조급해하는 나를 꾸짖고 가는 소리다.

이름을 고친다는 것

이국필이 어느 날 퇴계 이황 선생에게 묻기를 "돌아가신 아버지를 곰곰이 생각하다 보니 일찍이 국필國弼이란 제 이름이 천하기도 하고 뜻도 없는 이름이라 하시면서 늘 고치고자 하였는데, 이제 아버지의 그 뜻을 따라서 아버지의 영전靈前에 고하고 고치는 것이 어떻겠습니까? 또 국필은 본래부터 성질이 경박하여 깊고 무거운 구석이 없으니, 청하건대 그윽한 뜻을 이름 자 가운데 넣으면 고명사의顧名思義(이름을 보고 뜻을 생각하는)의 보람이 있지 않을까 싶습니다" 하였다.

이국필의 말을 들은 퇴계 선생은 "비록 아버지께서 고치고자 하는 뜻은 있었다고 하지만 이미 고치지 않았으니, 지금도 고치지 않는 것이 나을 것이라고 생각한다. 하물며 현재의 정한 이름이 뜻이 없다거나 천하지 않은데에야 말할 수 있는가. 또 그대가 성질이 경박해서 깊고 무거운 곳이 없는 결점을 이미 알고 있었다면, 마땅히 마음을 두고 힘을 써서 허물을 고쳐 착한 데로 옮겨가면 족한데, 어찌 이름을 고친 다음에야 그 결점이 고쳐질 것이라고 할 수 있는가. 가령 이름을 고치고도 그 허물을 고치지 못한다면, 또 그 허물을 이름이 잘못된데 돌리어, 또 이름을 고쳐서 허물을 고치려고 들 것인가. 이게 또한 그대의 결점이자 병통이다" 하였다.

또 퇴계의 제자인 이덕홍이 젊었을 때의 일이다. 퇴계 선생이 이덕홍을 불러서, "너는 너의 이름의 뜻을 알고 있느냐?" 하고 묻자, 이덕홍이, "저는 모릅니다" 하니. 선생은 "덕德 자는 행行을 따르고 곧음[直]을 따르고 마음[心]을 따를 것이니, 곧 '곧은 마음을 행한다'는 말이다. 옛사람은 이름을 지을 때에, 반드시 그 사람에게 관계를 주는 것이다. 너도 이름을 본받아라" 하였다.

몇 년 전 장수 팔공산에 있는 어느 절에 갔을 때의 일이다. 주지스님이 차를 따르며 내 이름을 물어서 '매울 신辛, 바를 정正, 한 일一'이라고 말하자 대뜸 한다는 말씀이 "처사님 그 이름 짊어지고 사느라 힘들었겠습니다" 하셨다. 주지스님의 말을 듣기 오래전에 이름을 뒤늦게야 파자해보니 내 이름에는 세상 사람들이 좋아하는 돈이나 명예에 관한 글자가 하나도 없었다. 그것을 깨달은 다음에야 나는 돈 버는 일을 포기했고 그때부터 입에 풀칠은 하게 되었으니, '버림으로서 얻으리라'는 말을 통감하였다.

그러나 퇴계 선생의 말은 지극히 원론적인 말일 뿐이다. 이름 때문에 피해의식을 가지고 사는 사람이 얼마나 많은가? 그래서 범죄의 소지가 있다고 개명을 안 해주던 정부에서도 꼭 문제가 되지 않는 사람의 이름이라면 대폭적으로 개명을 해주는 시대가 되었다.

자기에게 마땅치 않다고 여기는 이름만 바꾸고도 얼마나 기분이 새롭고, 또 새로운 이름을 가지고 얼마나 새로운 세상을 경험하고 살게 되겠는가. 우리 자신의 이름을 어떻게 생각하는지부터 되돌아보자.

다시는 돌아오지 않을 것처럼

가슴 어디고 아프지 않은 곳이 없다 느껴지던 날, 몸을 고통 속에 내맡겨 혹사酷似하다 보면 마음은 반대로 고요해지지 않겠는가 하여 짐을 꾸렸다. 이른 아침 전주에서 서울 가는 고속버스에 올라 북한산을 오르고, 늦은 밤에는 청량리역에 도착해 심야 열차에 몸을 실었다. 이른 새벽 낙동강 옆에 자리 잡은 석포역에 도착하면 분천까지 낙동강 길을 따라 걸을 것이다.

들뜬 집념이나 과거에 대한 미련을 비우고 떠나는 것이 얼마나 힘든 일인가를 아는 내가 과연 제대로 떠날 수 있을까? 몸을 혹사한들 바라는 대로 마음이 비워질 수 있을까?

퇴계 선생이 말하기를 "내가 어느 날 금문원琴聞遠(이름은 난수蘭秀로 퇴계의 제자)의 집에 갔는데 산길이 몹시 험했다. 그래서 갈 적에는 말고삐를 잔뜩 잡고 조심하는 마음을 놓지 않았는데, 돌아올 때에는 술이 거나하게 취해서 갈 때의 그 험하던 것을 아주 잊어버리고 마치 탄탄한 큰길을 가듯 하였으니, 마음을 잡고 놓음이란 참으로 무서운 일이 아닐 수 없다고 하겠다"고 하였다. 또 어느 날 퇴계는, "사람이 사람의 마음을 가지고 산다는 것은 심히 어려운 일이다. 내가 일찍이 걸음을 걸으면서 시험해

보았는데, 한 걸음 동안이라도 마음을 가지고 살기가 또한 어려웠다"고 하였다. 마음을 다스리는 일은 그만큼 어려운 것이다. 그래서 앙드레 지드는 『지상의 양식』에서 다음과 같은 글을 남겼다.

바닷가의 모래가 부드럽다는 것을 책에서 읽는 것만으로는 만족할 수 없다. 나의 맨발이 그것을 느끼고 싶은 것이다. 먼저 감각이 앞서지 않은 지식은 그 어느 것도 나에게는 소용이 없다.

이 세상에서 아늑하게 아름다운 것치고 대뜸 나의 애정이 그것을 어루만져보고 싶어 하지 않았던 것이라곤 나는 일찍이 본 적이 없다. 정답고 아름다운 대지여. 그대의 꽃핀 화면은 희한하구나! 오, 나의 욕망이 들이박힌 풍경! 나의 탐색이 거닐고 있는 활짝 열린 고장, 물 위에 늘어진 파피루스나무, 줄지은 길, 강 위에 휘어진 갈대들, 숲 속에 트인 빈 터, 나뭇가지 사이로 나타나는 벌판, 무한한 약속, 나는 복도처럼 바위들 또는 초목들 속으로 뚫린 길을 거닐었다. 눈앞에 전개되는 풍경을 나는 보았다.

감각을 열고 몸을 대지에 내던짐으로써 받는 위로. 몸은 힘들지언정 마음은 편할 것이다. 자연은 정화하는 힘이 있기 때문이다.

삶이 지속되는 한 우리는 어딘가를 향해 계속 떠남을 그치지 않을 것이고 수많은 사람들과 자의든 타의든 뒤섞이며 살아갈 것이다. 그러한 삶의 과정 속에서 얼마나 많은 사람들과 얼마나 많은 사물들을 접하며, 기쁨과 슬픔들이 교차되는 것을 바라보고 살겠는가. 어느 날 문득 영화가 끝나듯 잊혀져갈 것이지만, 자신을 내던져본 삶과 그렇지 않은 삶은 다를 것이다. 자연에, 타인에게 손 내밀면서 결국은 자기 자신과도 화해하는 삶.

모든 것이 세월에 의하여 내 마음속에서 잊혀질 수 있다고 전보(電報)는 말하고 있었다. 그러나 상처가 남는다고, 나는 고개를 저었다. 오랫동안 우리는 다투었다. 그래서 전보와 나는 타협안을 만들었다. 한 번만, 마지막으로 한 번만 이 무진을, 안개를, 유행가를, 술집 여자의 자살을, 배반을, 무책임을 긍정하기로 하자. 마지막으로 한 번만이다. 그리고 나는 내게 주어진 한정된 책임 속에서만 살기로 작정한다. 전보여, 새끼손가락을 내밀어라. 우리는 약속했다. 그러나 나는 돌아서서 전보의 눈을 피하여 편지를 썼다. '갑자기 떠나게 되었습니다. 찾아가서 말로써 오늘 제가 먼저 가는 것을 알리고 싶었습니다만 대화란 항상 의외의 방향으로 나가 버리기를 좋아하기 때문에 이렇게 글로써 알리는 것입니다. 간단히 쓰겠습니다. 사랑하고 있습니다."

(중략)

'당신은 무진을 떠나고 있습니다. 안녕히 가십시오.'

김승옥의 『무진기행』의 마지막 부분이다. 에밀리 디킨슨은 「영혼이란 제 있을 곳을」이라는 시에서 "영혼이란 제 있을 곳을 선택하는 법, 그리곤 문을 닫아버리지"라고 하였다. 문 닫은 영혼으로는 타인과 만나 서로를 위로하기 어렵다. 오히려 상처받지 않기 위해 계산하다가 타인에게 상처를 주는 경우가 많다.

그래, 김승옥이 무진을 떠났듯이 며칠만이라도 이 전주를 떠나자. 돌아올 수밖에 없는 떠남이지만 다시는 돌아오지 않을 것처럼 떠나자. 생각해보면 천지간에 돌아갈 집 본래 없고 돌아갈 길도 원래는 없는 것인지도 모른다. 자욱한 안개 같은 마음을 다독거리며 떠났다 다시 돌아올 뿐.

하나하나가 다 행복인데

글 쓰는 사람들에게 가장 끔찍한 것은, 시력이 악화되어 자기가 쓴 글이나 남이 쓴 글을 읽지 못하게 되는 것이다. '읽지 못한다'라는 것은 문자 이상의 뜻을 갖고 있다. 밀턴 같은 천재처럼 눈이 안 보여도 위대한 작품을 쓸 수는 있겠지만, 그것은 그리 쉬운 일이 아니다. 다른 사람은 어떨지 모르지만 나 자신만 하더라도, 남이 쓴 글이나 내가 쓰고 있는 글을 내 눈으로 봐야 사고가 수월하게 진행되어 나가지, 남의 말을 듣고 무엇을 이해할 때 사고는 거기서 크게 멀리 나가지 못한다. 나는 눈을 통해 몽상하고 철학한다. 눈으로 볼 때, 우리는 손으로 교정할 수 있다. 귀로 들을 때 그 교정은 그리 쉽지 않다.

김현의 『책 읽기의 괴로움』에 실린 글이다. 평생을 공부만 하다가 세상을 하직한 김현 선생의 글을 보면 '책 을 못 보는 서러움'이라고 해야 하겠다. 그는 훗날에 『행복한 책 읽기』를 펴냈다.

어디 책만 그럴까? 인생에 있어서 가장 큰 즐거움이자 행복이라면 시도 때도 없이 보고 싶은 책을 볼 수 있고, 그곳에 언제나 내가 걸어야 할 길이 펼쳐져 있다는 것이리라. 글을 써서 먹고사는 나를 두고 어떤 사람들은 부럽다고 한다. 정년도 없고 명퇴도 없다는 것이다. 그렇게 얘기하는 이에게 나는 항상 "그 대신 나는 연금도 없고 월급도 없고 오로지 한 자 한 자 쓴 원고료밖에 없지 않느냐" 하고 대꾸해왔는데, 지금 생각하니 우리 같은 글 쓰는 사람에게는 눈이 나빠지고 기억력이 감퇴하고 다리가 아프면 그게 바로 정년이요, 명예퇴직이라는 걸 깨달았다.

눈이 나쁘면 책 읽기는 고사하고 멀고 가까운 곳에 있는 사람도 안 보이니 얼마나 갑갑하겠는가. 더구나 다리가 아파 못 걷게 되면 그게 바로 지옥이고 죽음이 아니겠는가? 눈앞에 있는 책의 글자가 잘 안 보이게 될 때, 평생을 책만 읽으며 보낸 사람들은 얼마나 당혹스럽고, 세상 사는 재미가 없어질까.

전쟁터에 나간 전사는 총이나 칼을 잃어버리면 죽은 목숨이나 진배가 없다. 그것처럼 글을 업으로 하는 사람은 괴로움도 즐거움도 다 책 속에 있으며, 나그네에게는 걸어갈 수 있는 길이 그가 가진 전부이다. 그런데 시력이 약해져서 글이 보이지 않고, 다리가 아파서 걸을 수 없다면 그런 절망이 또 어디에 있겠는가.

그러나 이를 반대로 생각해보면, 살아가면서 즐거운 일이 도처에 수두룩함을 이내 깨닫는다. 눈이 잘 보이는 것도, 귀가 잘 들리는 것도, 냄새를 잘 맡는 것도, 말을 할 수 있는 것과 다리가 튼튼해서 어디든 걸어갈 수 있다는 것까지, 모두 하나하나가 다 행복인 것이다. 우리 곁의 행복을 더 먼 데서 찾다 보니 항상 불만족한지도 모르겠다.

내가 사는 것이 어찌 그리 신기한지

•

세상에 가난한 자는 춥고 배고픔에 울부짖고, 부귀한 자는 명예와 이익에 분주하여 죽을 때까지 거기에 골몰한다. 생각해보면, 의식이 조금 넉넉하여 산과 나무 사이에 유유자적하는 것은 인간이 누릴 수 있는 극락이건만, 하늘이 매우 아끼는 것이기에 사람이 쉽게 얻을 수 없는 것이다. 비록 가난하다 하더라도 밥 한 그릇을 먹고 표주박 물 한 잔을 마시고서 고요히 방 안에 앉아 천고의 어진 사람들을 벗으로 삼는다면 그 낙이 또한 어떠하겠는가? 어찌 낙이 반드시 산수 경계 사이에만 있겠는가?

허균의 『한정록』 중 명나라 사람인 금뢰자金儡子의 말이다.

어디를 가지 않더라도 마음에 꼭 드는 몇 권의 책을 옆에 놓고 한 장 한 장 넘기다 보면 책갈피 넘어가는 소리가 그리운 사람의 목소리 같다. 책 속에 담긴 내용이 마치 살아서 날아오르는 나비의 날갯짓처럼 가슴에 포옥 안겨온다.

그런데 산수 유람은 책 읽는 것과는 또 다른 의미를 인간에게 준다. 산수에 미쳐 이 산 저 산, 이 강 저 강 찾아다니고 세상의 별 곳도 많이 가봤지만 아직도 미지의 세계가 너무도 많다. 잡기雜技를 좋아하지 않은 것은 천성이 게으른 탓이지만, 대부분의 사람들이 좋아하는 음식과 이른바 '별미'들을 그리 탐해본 적이 없는 것은 무슨 연유인지 모르겠다. 살아온 것이 변변치 못해 초등학교 때 그 흔한 우등상 한번 못 받았고, 반장이나 이장은커녕 통장 한번 못해보고 살았으니 벼슬이나 권력하고는 담을 쌓고 살아온 것 또한 사실이다.

능력이 모자라 곁에 쌓아둔 재물도 없이 한세상 살다 보니, 돈이 얼마만큼 있어야 많은 것인지, 무어가 재미있는 것인지도 모르고 지냈다. 그런데도 이런저런 일들로 가끔은 남의 입에 오르내리는 것을 보면 '이 땅에 내가 발붙이고 사는 사람이 맞구나' 하고 깨닫는다. 사람을 알고 관계 맺는 일이 세상에서 가장 어려운 것임을 자꾸자꾸 깨달을 뿐이다.

문장은 하나의 기예인데, 오히려 아담한 것과 속된 것, 진짜로 모방한 것의 구별을 혼동하고 있으니, 어떻게 산수를 품제(品題)하고 어떻게 인물을 감식하겠는가? 공정한 마음을 가진 사람이라야 문장을 알아보는 법이고, 편견을 가진 사람과는 구설로 다툴 수는 없는 것이다.

이덕무의 『이목구심서』에 실린 글이다.

내가 어찌 세상의 문장을 알았다고 말하고, 산수를 많이 보았다고 말하겠는가? 그저 먼발치서 책갈피 사각사각 넘어가는 소리를 들었을 뿐이고, 산 그림자 길게 드리운 산길을 조금 걸었을 뿐이며, 저무는 강, 일렁이는 잔물결을 바라보며 눈물 글썽이었을 뿐이거늘, 하물며 사람이야! 어찌 내가 누군가를, 나 자신을 안다고 말하겠는가?

그 멀고 먼 길을 걸어서 나를 만나다

'남해바래길' 사람들이 찾아와 내가 좋아하는 귀신사에 데리고 갔다. 때는 한창 봄이라 귀신사에도 여러 이름의 꽃들이 절정이다. 철 늦게 핀 자목련에서부터 꽃잔디, 개불알꽃, 겹수선화. 그 꽃들 사이로 피어나는 연초록 잎들 또한 장관이다.

대적광전을 지나 삼층석탑이 있는 뒤편으로 올라가는 돌계단에도 온갖 꽃들이 무리지어 피어 있다. 내가 즐겨 앉아서 쉬곤 하는 돌계단에 앉아 건너편 산자락에 옹기종기 모여 있는 백운동 마을을 바라다본다.

팽나무에 이제 조금씩 그 잎들이 피어나고 느티나무는 제법 연둣빛 잎이 무성하다. 사월초파일 부처님오신날을 위해 내걸린 연등들이 삼층석탑을 둘러 있고, 산들은 말 그대로 찬연하다. 천천히 계단을 내려오며 걷는다는 것을 생각한다.

자신이 걷는다는 것조차 의식하지 않고 걸을 때, 걷기는 그 이상의 것을 의미한다. 내가 나를 만나기도 하고, 나를 잊어버리기도 하며, 가없는 세상을 체험하기도 한다.

그렇다면 걷기를 통해 인간들은 무엇을 깨닫고 무엇을 넘어서는가?

선지자들은 오랜 역사 속에서 고행을 통해 자신을 발견하고 세상의 이치를 깨달았다. 그래서 생텍쥐페리는 『인간의 대지』에서 "인간은 장애물과 겨룰 때 비로소 자신을 발견한다"고 했다. 그런데 오랜 나날을 길 위에서 보낸 나는 그 길에서 나 자신을 발견했는가? 아니다. 아직도 나는 나를 발견하지 못했다.

아직 내가 걸어야 할 길이 남아 있고, 어쩌면 그 '끝(죽음)'에 다다라서야 나를 발견할 수 있을지 아니면 물음표로만 남겨두고 생을 마감할지 지금은 알지 못하므로, 단지 걸어갈 뿐이다.

길도 그 길이고 사람도 그 사람인데

남해바래길 사람들과 오랜만에 동리산 태안사에 갔다. 태안사 초입의 나무 장승이 세월을 견디느라 닳고 헤져 있었다. 천하대장군은 얼굴이 사라지고 지하여장군은 곱게 화장한 얼굴 한쪽이 부서져 있었다. 겨울이 깊어 사람의 출입이 많지 않아서인지 매표소도 굳게 닫혀 있고 들목에 세워진 조태일문학관 역시 사람의 발길이 머문 지 오래인 듯하다.

나는 늘 홀로였다.
싸움은 많았지만 승리는 늘 남의 것이고
남는 패배는 늘 내 것이었다.

조태일 시인의 장중하면서도 비장한 시 「국토」 한 편이 들릴 법한 태안사 가는 길, 얼음장 밑으로 흐르는 시냇물 소리가 가슴을 후비고 지나간다. 바람도 없는 산길, 어제 내린 비로 질척한 길을 천천히 오르는데 길모퉁이를 돌아가는 사람이 있다. 자세히 보니 스님이다.

휘적휘적, 세상의 근심걱정 다 내려놓은 듯 걸어가는 그 모습이 문득 몇 년 전 늦은 봄에 이곳에서 만났던 어느 스님의 모습을 떠오르게 했다. 올라가 인사를 건네며 어디를 가시느냐고 여쭈니 "암자에 있는데, 큰 절로 점심 한 끼 먹으러 가지" 하신다. 법명이 무엇이냐고 여쭈었다.

"이름이라, 이름이 무슨 의미가 있을까? 자주 옮기다 보니 이름도 없어. 돌쇠, 마당쇠……, 아무려면 어떻겠어. 어떤 사람은 호를 쓰기도 하지만 수행하는 사람은 전화도, TV도, 신문도 아무것도 필요가 없지."

이 절에 오신 지 몇 년이 되었느냐고 여쭈었다.

"6년째지 아마."

4년 전 태안사를 찾았을 때, 오늘처럼 내 앞을 걸어가던 그 스님을 4년이 지난 이 겨울에 다시 만난 것이다. 그때도 수행 중이던 스님은 점심을 먹으러 가던 길이었고, 오늘도 스님은 수행의 일환으로 점심을 먹으러 가던 길이다. 나는 또 어떤가? 그때도 답사 중이었고 오늘도 답사 중이다. 그 사이 4년이라는 세월이 강물처럼 흘러갔는데도 꿈속의 나그네처럼 같은 길에서 같은 차림새로 만난 스님과 나. 그렇게 길에서 만나고 길에서 헤어지는 것이 우리들의 운명이다.

오세암에서 깨달음을 얻은 만해 한용운은 다음과 같은 시를 남겼다.

사나이 이르는 곳 어디나 고향인데
몇 사람이나 오래도록 나그네로 지냈는가.
한 소리로 온 우주를 갈파하니
눈 속에 복숭아꽃 하늘하늘 흩날리네.
[男兒到處是故鄕 幾人長在客愁中
一聲喝破三千界 雪裡桃花偏偏紅]

아무도 이해할 수 없고, 하지만 누구나 이해할 수도 있는 것이 깨달음이다.

선종의 큰 스님에게 제자가 "깨달음이란 무엇입니까?" 하고 묻자, 다음과 같이 답했다고 한다.

"집에 돌아가서 쉬어라."

깨달음은 무엇이고 방랑은 또 무엇인가. 집은 무엇이고 또 길은 무엇인가. 흐르는 보성강물에 반짝이며 내려앉던 수많은 별빛과 도림사 선방에서 마시던 차 한 잔은 나에게 또 무엇이었는가.

길만 있어도 얼마나 행복한 일인가

나그네에게는 걸어갈 길만 있어도 얼마나 행복한가? 이는 혼자서 먼 길을 걸어본 사람만이 아는 즐거움이다.

두 발로 마음 가볍게 나는 열린 길로 나간다.
건강하고 자유롭게, 내 앞에 펼쳐진 세상,
어디로 가든 내 앞에 긴 갈색 길이 뻗어 있다.

나는 더 이상 행운을 찾지 않는다. 내 자신이 행운이므로,
더 이상 우는소리 않고, 미루지도 않고, 요구하지도 않고,
방 안의 불평도, 도서관도 비평도 집어치우고,
기운차고 흐뭇하게 나는 열린 길로 여행한다.

월트 휘트먼은 「열린 길의 노래」에서 자유로운 자신의 삶을 이렇게 묘사하고 있다.

먼 길을 가다 보면 길이 끊어지거나 사라져 보이지 않을 때가 있다. 뒤

돌아갈 수도 없고 머물 수도 없을 때에는 길 아닌 길을 가시덤불을 헤치며 한발 한발 나아가는 수밖에 없다. 그러다가 지쳐서 하늘을 바라보면 허우적대는 내 마음은 아랑곳없이 몇 조각의 흰구름이 두둥실 떠간다. 마치 눈앞의 시련을 더 넓은 눈으로 바라보며 여유를 가지라는 듯이. 그렇게 다시 시작되는 악전고투가 끝나고 찾아낸 새로운 길은 몇 배는 더 값진 의미로 다가온다.

그러나 많은 사람들은 고난 속에 길을 나서면서까지 길을 나서려 하지 않는다. 세상의 온갖 집착을 내려놓지 못하고 여유 없이 살기 때문이다. 그래서 그랬을까? 바이런은 다음과 같이 말한다.

인간이여!
미소와 눈물 사이에서 방황하는 시계추여!

언제쯤 마음 다 비우고 아무런 사념 없이 길을 걸어갈 수 있을까?

인생이란 결국 혼자가 아닌가

어쩌다 하루 글 쓰고 책 읽느라 집에서 홀로 머무는 날이면 주어진 시간을 견디는 일이 쉽지 않다. 시계추처럼 쉴 새 없이 매일 바쁘게 돌아가는 세상에서 백수나 다름없이 살아가는 내가 그럴진대 다른 사람들은 오죽하랴.

저문 밤에 문득 생각하면 저마다 혼자라는 생각이 사무친다. 아직 멀었는지 가까운지 모르는 마지막 가는 길은 날아갈 것처럼 가벼울 것 같으면서도 허공처럼 비어 있을 것 같다. 어디서 와서 어디로 가는지 모르는 삶, 옛 사람들도 이런 생각을 했을까?

인생이란 결국 혼자가 아닌가! 인생의 해변가에서 우리와 바다 사이를 가로막는 것은 아무것도 없다. 내 이웃들은 순례의 길을 걷는 동안 나에게 위안이 되어줄 동료들이다. 그러나 길이 갈리는 곳에서 나는 또다시 홀로 길 위에 서야 한다. 인생의 먼 여정을 끝까지 함께 갈 수 있는 사람은 아무도 없기 때문이다.

사람은 누구나 선두에 서서 길을 간다. 매정한 운명은 연약한 어린아이라고 눈감아주는 법이 없다. 아이들도 부모만큼이나 매정한 운명에 노출되어 있다. 그러나 부모와 친척이 젊은이를 위로해줄 수는 없다. 부모와 친척이 운명의 시련을 막아주는 방파제 노릇을 할 수는 없다. 이것은 모든 사람이 직면하는 운명의 변함없는 진리이다. 우리 앞에 펼쳐진 광활한 공간 어디를 둘러보아도 울타리는 보이지 않는다.

소로의 1841년 3월 13일의 일기다.

어디를 보아도 울타리가 없고 어디를 둘러보아도 막막한 혼자. 그 어느 누구도 마지막 가는 길을 함께할 수는 없다. 다만 살아 있는 동안에는 가끔씩 동행할 수 있다. 이 지상에서 만나 맺은 우리들의 인연. 삶이 더불어 사는 것이라는 사실 만으로도 얼마나 행운인가?

생각이 크고 넓어지는 길

•

지금 나는 꼬불꼬불하고 건조하고 인적 없는 낡은 길을 그리워한다. 그 길은 마을 먼 곳으로 나를 이끈다. 나를 지구 너머 우주로 인도하는 길, 그러나 유혹하지 않는 길, 여행자의 이름을 생각하지 않아도 좋은 길, 농부가 자신의 농작물을 짓밟는다고 불평하지 않는 길, 신사가 최근에 건축한 자신의 시골 별장을 무단으로 침입했다고 불만을 토로하지 않는 길, 마을에 작별을 고하고 걸음을 재촉해도 좋은 길, 순례자처럼 정처 없이 떠나는 여행의 길, 여행자와 부딪히기 어려운 길, 영혼이 자유로운 길, 벽과 울타리가 무너져 있는 길, 발이 땅을 닫고 있다기보다는 머리가 하늘로 향해 있는 길, 다른 행인을 만나기 전에 멀리서 그를 발견하고 인사 나눌 준비를 할 만큼 넓은 길, 사람들이 탐을 내 서둘러 이주할 정도로 토양이 비옥하지 않은 길, 보살필 필요가 없는 나무뿌리와 그루터기 울타리들이 있는 길, 여행자가 그저 몸 가는 대로 마음을 맡길 수 있는 길, 어디를 행해 가든 오든, 아침이든, 저녁이든, 정오든, 자정이든 별 차이가 없는 길, 만인의 땅이어서 값이 헐한 길, 얼마만큼 왔나 따져볼 필요 없이 편안하게 걸으면서 생각에 몰두할 수 있는 길, 숨이 차면 천천히 왔다 갔다 하는 변덕마저도 소중한 길, 사람들과 만나 억지로 저녁을 먹고 대화를 나누며 거짓 관계를 맺지 않아도 좋은 길, 지구의 가장 멀리 떨어진 곳까지 갈 수 있는 길, 그 길은 넓다. 그 길에 서면 떠오르는 생각도 크고 넓어진다. 그 길로 바람이 불어와 여행객의 발걸음을 재촉한다. 그러고 나서 나의 인생이 나에게로 온다.

헨리 데이비드 소로의 나이 34세인 1851년 7월 21일의 일기에 실린 글이다.

지금부터 160여 년 전에도 넓은 길이 개설되었던 서구와 달리 조선에는 크고 넓은 길인 중국으로 가는 의주로를 제외하고 영남대로나 삼남대로, 관동대로 같은 길이 그다지 많지 않았다.

그나마 번잡한 서울 경기만 빼고 어디를 가든 한적한 시골길이었던 이 땅이 불과 몇 십 년 사이에 상상을 초월할 정도로 변해서 허름한 길을 만나기가 어렵게 되었다. 요행히 그런 옛길을 만나면 입이 째질 정도로 가슴이 막 뛰어논다. 잊혀진 그리움을 찾아내듯 그런 길들을 발굴하여 내 좋아하는 인생의 도반들과 걸을 수 있는 날이 과연 얼마나 남았을까? 생각하면 그리 오랜 세월이 아닐 듯싶어서 자꾸자꾸 서두르는 나를 발견한다. 그런 길이라면 걷다가 쓰러져 잠이 들어도 좋으리라. 그 길에 누워 저녁 달빛이나 별빛 그리고 흐르는 구름을 보다가 이슬에 젖어도 좋고, 그대로 쓰러져 길 위에서 이승을 하직해도 좋으리라.

3 길에서 만난 사람

길에서 만난 사람

•

산다는 것이 순전히 운이다. 이제껏 위험한 길을 수 없이 걸어왔는데도 살아 있다는 것은 내가 운이 좋다는 것 그 이상도 이하도 아닐 것이다. 하지만 아주 급박한 상황에 부닥쳤던 적이 한두 번이 아니다. 그중 한 번이 호남고속도로 금산 IC 부근에서 일어난 일이다.

지금은 서울 KBS로 옮겨간 김명성 기자와 입암산성 일대 취재를 가던 길이었다. 광주민학회의 배성자 씨가 민학회 답사를 위해 왔다가 동참했고, 카메라 기자와 승용차 기사 다섯 명이 가던 길이었다. 세 명은 피곤한지 차에 타자마자 잠이 들었고, 승용차 기사와 나만 깨어 있었다. 곧 금산사 부근을 지나겠구나 하고 생각하는 순간, 눈 깜짝할 사이에 차가 기우뚱거리더니 1차선에서 바깥 차선으로 나가는 게 아닌가? 아! 하고 놀랄 사이도 없었다. 차는 이내 큰 트럭과 부딪치고 그 반동으로 중앙분리대를 들이받았다. '이렇게 죽는구나' 하는 순간, 차가 중앙분리대를 들이받은 뒤 주저앉았다. 충격에 의해 잠에서 깨어난 김명성 기자가 밖으로 나가 1차선으로 오는 차들을 제어했고, 얼떨결에 깨어난 사람들이 고속도로 바깥 차선으로 나가자 우리가 받았던 13톤 트럭의 기사가 사색이 되어 우리들을 바라보고 있었다.

"안 다쳤어요?" 하고 묻는데 다행히 큰 부상은 없는 것 같았다. 그래서 우리가 들이받았던 부분을 보니, 이럴 수가? 타이어의 고무 부분을 들이받고 그 반동에 의해 차가 중앙분리대 쪽으로 들어갔는데, 중앙분리대를 들이받고 주저앉는 그 순간에 다행히 고속도로에 차가 뒤따라오지 않아서 무사할 수 있었던 것이었다.

금세 견인차들이 고속도로에 들어와 사고를 수습하고 우리는 구급차에 의해 병원으로 옮겨졌다. 진단 결과 신기하게도 어느 한 사람 다치지 않았다. 알고 보니 타이어 정비 불량으로 펑크가 나면서 일어난 일이었다. 결국 그 차는 폐차되었다는 후문을 들었다.

하마터면 KBS 취재 차 가던 우리들이 타 방송국에 취재거리를 제공할 뻔했다. 다시 방송국으로 돌아간 우리는 그날이 우리가 새로 살아난 날이기 때문에 매년 모여 밥 한 끼라도 먹자고 했지만 바쁜 사람들의 약속이 지켜질 리가 있는가. 하여간 그날의 취재는 다음으로 미뤄졌고, 다시 취재를 떠난 것은 그로부터 일주일 뒤였다.

병원에서는 계속 입원을 하라고 전화가 걸려왔지만 아프지도 않고 바쁜데 병원에 누워 있을 시간이 어디 있는가? 그 뒤 여러 명의 무속인들과 만난 자리에서 그 애기를 했더니 한 사람이 다음과 같이 말하는 것이었다. "선생님이 김개남 장군 추모비, 정여립 장군 추모비, 동학농민군 위령제, 빨치산과 토벌군 위령제를 지내주었기 때문에 그 혼령들이 보호해서 그런 것이지요." 하여간 그 절체절명의 순간을 견디면서 어디 한 군데도 다치지 않고 무사한 고속도로 사고는 그리 흔치 않을 것이다.

가끔씩 생각하는 프란시스 베이컨의 구절이 있다. "전쟁과 피하기 어려운 죽음에 직면해서 '아타락시아' 조용한 마음으로 만사를 방관하는 이외의 나은 지혜는 없다"는 말. 사실 그날 그 시간에 일어난 일은 생각할 시간도 없이 부지불식간에 닥쳐왔기 때문에 그 말도 그리 유효한 것은 아니리라.

슬픔과 기쁨은 그렇게 멀리 있지 않아 바로 바뀔 수 있다. 그렇기 때문에 슬퍼도 희망을 잃지 말며, 기뻐도 마냥 기뻐만 하지는 말자는 것이다. 길흉화복도 마찬가지로 서로 잠복되어 있다. 운이 좋으면 불운에 대비하고, 불운하면 희망으로 극복해야 한다.

위는 당나라 때 사람인 왕발王勃의 「평대비략찬」에 실린 글이다.

그래, 모든 것이 운명이리라. 거부할 수도 없이 받아들일 수밖에 없는 운명. 그것이 살아 있는 모든 것들이 순응해야 하는 이치가 아닐까. 그래서 조선 후기의 실학자인 이덕무도 『이목구심서』에 다음과 같은 말을 남겼는지도 모르겠다.

세상에 나는 것도 운명, 죽는 것도 운명, 진실로 이 이치에 통달한다면 무엇을 슬퍼하리. 사람은 덧없는 것이고, 죽음은 쉬는 것, 한탄할게 뭐 있겠는가.

마음 비우고 떠나고 돌아오다가 어느 날 문득 왔던 곳으로 돌아갈 날, 그 날을 기다리고 또 기다릴 뿐이다.

민족시인 김남주

김남주 시인이 췌장암으로 작고한 때가 동학농민혁명이 백 주년이 되던 1994년 2월 13일 새벽이었다. 김준태 시인은 전남대학교 노제路祭에 헌정했던 조시에서 김 시인을 '조선 황토의 아들'이라고 칭송했다.

민중의 삶과 역사에 천착했던 김남주 시인이 썼던 시 중에 「황토현에 부치는 노래」가 있다. 녹두장군 전봉준에 대한 노래지만 시인의 삶도 결코 그와 다르지 않았다.

한 시대의

불행한 아들로 태어나

고독과 위험에 결코 굴하지 않았던 사람

암울한 시대 한가운데

말뚝처럼 횃불처럼 우뚝 서서

한 시대의 아픔을

온몸으로 한 몸으로 껴안고

피투성이로 싸웠던 사람

(중략)

우리는 그의 이름을

키가 작다 해서 녹두꽃이라 부르기도 하고

농민의 아버지라 부르기도 하고

동학농민혁명의 수령이라 해서

동도대장, 녹두장군

전봉준이라 부르기도 하니

(중략)

죽어서도 감을 수 없는

저 부라린 눈동자, 눈동자는

80년이 지난 오늘에도

불타는 도화선이 되어

아직도 어둠을 되쏘아보며

죽음에 항거를 하고 있지 않은가

탄환처럼 틀어박힌

캄캄한 이마의 벌판, 벌판

저 불거진 혹부리는 한 시대의 아픔을 말하고 있지 않은가

(후략)

김남주 시인과의 인연은 1988년 초겨울 광주 가톨릭센터에서 남민전 사건으로 십 년째 복역 중인 김남주 시인 석방촉구대회가 열리면서 시작되었다. 나는 그 행사를 주관한 장효문, 김준태 시인과 인연이 있었을 뿐 아니라 그의 시를 사랑하기도 해 전주의 몇 사람과 함께 참석했었다. 그 밤

내내 빛고을 광주는 설명하기 힘든 분노의 열기에 취해 있었고, 우리들은 그가 새벽같이 돌아오기를 기다렸다. 그해 12월 김 시인은 가석방으로 전주교도소에서 풀려나왔다.

그것이 인연이 되어 고인과 공개적으로 만나게 된 것은 1989년 여름 백산으로 올라가는 삼거리에서였다. 내가 소속된 황토현문화연구소가 주최한 네 번째 '여름문화마당'의 열림 강연에 강사로 초대하였기 때문이다. 출소 후 외부와의 첫 자리인 까닭인지 시인의 얼굴엔 이 땅의 비극적인 역사가 더부룩한 수염으로 나부꼈다. 우리는 흰 옷 입은 농민군들이 서면 백산이요 앉으면 죽창이 솟아 죽산이 되었다는 백산을 올라갔다.

정상에서 눈앞에 펼쳐져 있는 호남평야를 바라보며 조용히 그는 말문을 열었다.

우리가 올라온 이 백산이 47미터밖에 되지 않지요. 하지만 이 산에 올라서면 사방 오십 리에 이 산보다 높은 산이 없습니다. 저기 두승산 아래 고부가 있지요. 또 가물가물 보이는 저것이 만석보 말목장터가 있는 이평 소재지 그리고 저기쯤이 녹두장군이 살았던 조소립니다. 보십시오, 푸른 물결 넘실대는 저 들판이 얼마나 넓은지. 저 들판을 가로질러 농민군들은 황토현으로 갔고, 그곳에서 관군들과 싸워 크게 이겼지요. 그날 농민군들의 정신으로 되돌아가 이 땅에 좋은 세상 한 번 만들어 봅시다.

그 후 우리들은 그가 전주에 내려오면 우리 카페에서, 혹은 광주에 갔다가 오는 길에 자주 만났다. 역사기행을 통해서, 또는 초청 강연회를 통해서, 김개남 장군 추모비 건립 등을 위한 자리에서 만난 그의 목소리는 언제나 신뢰가 담겨 있었고 마주잡은 손에는 사랑이 있었다.

그를 마지막으로 만난 것은 인병선 선생이 개관한 「짚풀생활사박물관」에서였다. 술한잔 나누는 자리에서 그는 얼굴이 유난스레 검어보였다. 그래서 어디 편찮으시냐고 묻자 "음, 요새 위장이 좋지 않아." 그 말이 있은지 한 달 뒤에 김남주 시인은 췌장암을 선고받았다. 그리고 몇 개월의 투병 끝에 그가 해야 할 더 많은 일을 우리들에게 남겨둔 채 갔다.

"녹두의 피와 넋을 되살려라. 그리하면 좋은 세상 오리라"는 낮고도 굵직한 그의 음성이 지금껏 가슴을 두드린다. 투사로서 전사로서 독재와 감옥에 맞서 싸우며 일생을 던졌던 김남주! 어쩌면 그는 이 시대의 전봉준이었는지도 모른다. 시인을 생각하며 우리는 쓸쓸한 마음을 안고 녹두장군 전봉준의 발자취를 찾아 나서기도 했고, 동학농민혁명 백 주년 행사를 치르기도 했다.

그가 가고 없는데 그 사이 세월이 덧없이 흘러 2014년은 동학농민혁명이 두 갑자甲子를 맞는 갑오년이다. 그가 구천에서 이 나라를 보고 있다면 도대체 무엇이라고 할 것인가?

김지하 시인과의 인연

1993년 5월 22일 서울에 갔다. 5월 30일에 전주 덕진공원에 세우기로 한 김개남 장군 추모비문을 김남주 시인과의 인연으로 신영복 선생이 써 주기로 하였는데 완성됐다는 연락이 왔기 때문이다. 나는 그 전날 밤 무던히도 잠을 설쳤다. 처녀가 시집가기 전날 밤이 그렇게 길었을까? 밤사이 몇 번이고 아내를 깨우다가 새벽 첫차로 서울로 갔고, 친구 최대길과 함께 목동에 있는 신영복 선생 댁에 갔다.

신영복 선생께서 "개남아 개남아 김개남아"라고 써주신 글을 받고, 그 집에서 선생이 손수 끓여준 커피 한 잔을 마시던 중에 선생이 내게 물었다. "요즘 김지하 선생님의 근황은 어떤지요?" 나는 시인과는 일면식도 없었기에 모르겠노라고 말했다. 김개남 장군 추모비 문제로 이이화 선생과 만나기로 했으므로 신영복 선생님 댁에서 전화를 빌렸다. 그러나 역사문제연구소도 집도 연락이 닿지 않았다. 만나고 가야 하는데 난처했다. 그러자 친구가 근처에 파리공원이 있으니 그곳에 가서 잠시 쉬었다 나와 전화를 하자고 제안했다. 그래서 간 곳이 파리공원이었다. 이름 그대로 현대식 공원인 파리공원을 돌아다니던 중에 먼 곳에 초라한 차림의 남자가 문득 눈에 띄었다. 가까이 다가가서 보니 줄담배를 피우고 있는데, 자세히 보니 김지하 선생님의 얼굴을 닮았다. 나는 세 번을 바라보고서야 이방인처럼 앉아 있는 그가 바로 김지하 시인임을 알아보았다.

"저 혹시 김지하 선생님이시지요?"

"예, 그렇소."

"저는 선생님의 시를 무척이나 좋아하는 사람이고 황토현문화연구소라는 단체의 대표인 신정일입니다. 다음주 5월 30일 김개남 장군 추모비를 전주 덕진공원에 세우는데 신영복 선생님의 글씨를 받으러 왔던 길입니다."

그는 내 말이 끝나기도 전에 내 손과 내 어깨를 꼬옥 잡았다.

"참으로 좋은 일이요. 잘한 일이요. 여기 앉아요."

그곳에서 나는 친구와 함께 퍼더버리고 앉아 김개남 포에 얽힌 이야기와 동학의 전반에 걸친 여러 가지 이야기를 들었다. 김지하 시인이 후에 그때의 상황을 회고하며 다음과 같은 글을 남겼다.

생각해보니 그와의 만남 자체가 그랬다. 10여 년 전이던가, 그 이후이던가, 바람 부는 날, 서울의 양천구 목동에 있는 파리공원이었다. 벤치에 앉아 있는데, 웬 젊은이가 앞에 와 인사한다. 누구냐니까 황토현문화연구소의 신 아무개라고 한다. 동학과 전라도를 앞세우는데 서먹서먹할 까닭이 없었다.

그날 우리는 김개남, 손화중, 전봉준에 관하여 혁명과 봉기의 관계나 이념이나 수양이나 조직이 혁명에서 얼마나 중요한가에 대하여, 그리고 지금과 같은 전라도의 동백사업이 왜 문제투성이인지에 대해서 격의 없이 깊은 곳까지 들어가 주고받았다. 중요한 것은 그의 발언이나 주장이 그때 이후 지금까지 크게 달라진 것이 없는데도 그 토막토막이 모두 다 항구적인 진정성을 갖고 있다는 점이다.

애당초부터 그가 발로 탐구하기 때문에 유지될 수 있는 불변성이다. (중략) 철저히 리졸, 뿌리 모양으로 이루어진 그의 길은 그가 수많은 민족민중사상가들이 유령이 되어버린 지금, 가장 현장적이고 집요한 민족민중사상가로서 현존하는 이유를 설명해준다. 그렇다. 나는 그를 '발로 쓰는 민족민중사상가'라고 부른다.

그날 나는 김지하 시인으로부터 전봉준, 손화중, 손병희로 이어지는 동학은 농민혁명이 끝나면서 막을 내리고 온전히 동학정신이 살아남은 것은 김개남 포였다는 이야기를 들었다. 그리고 가는 곳마다 파죽지세로 점령하고 무서운 혁명적 열기로 사방을 제패했으며 지리산을 넘어 하동, 진주까지 진출했던 김개남의 잔존세력들이 농민혁명이 끝난 후 지리산으로 숨어들었다는 이야기. 그들이 결국 1차, 2차, 3차 지리산 의병전쟁의 주역이 되고 진주 형평사운동과 고려공산당을 세운 김단야로 그리고 민족민중운동의 중심세력으로 오늘날까지 면면히 이어져왔다는 이야기를 두 시간이 넘도록 들었다.

김지하 시인은 나와 이야기를 하던 중에 줄잡아 담배를 두어 갑은 피웠을 것이다. 그 뒤 일산 자택에 있던 선생의 집에 찾아갔을 때 집 안 이곳저곳에 널려져 있던 담배개피를 보고서야 김지하 선생님이 얼마나 담배 애호가였는가를 알 수 있었다.

앙드레 지드의 작품 『지상의 양식』에서 "모든 행복이나 불행은 '우연히 마주치는 것'이어서, 네가 길에서 만나는 거지처럼 '순간마다 그대 앞에 나타난다'는 것을 어찌하여 깨닫지 못했단 말인가"라는 구절을 절절하게 실감했던 날이 바로 그날이었다. 그래, 어떻게 알 수 있단 말인가? 산책 나와 있던 김지하 시인을 만날 줄이야.

"장모님(소설가 박경리)이 김개남 장군의 영원한 팬이요. 『토지』의 전편에 나오는 김개주가 그분이요. 장모님이 알면 무척 기뻐할 것이니 오늘 밤에라도 원주로 전화해주시오."

김지하 선생의 말에 전주에 도착하자마자 원주에 있는 박경리 선생님 댁으로 전화를 했다. 이러저러한 일로 서울에 가서 우연히 김지하 선생을 만났고 박경리 선생님에게 전화 드리게 되었다고 했더니 "잘한 일이여. 내가 통영에서 어린 시절을 보내며 김개남 장군에 대한 이야기를 얼마나 많이 듣고 자랐다고. 그래서 토지에 그 양반을 썼었지. 김개남 장군은 세계적인 혁명가야. 내가 그래서 후배들을 만날 때마다 그 양반에 관한 글을 쓰라고 해도 안 쓰잖아. 토지 끝내고 나면 전주에 한번 갈게." 들뜬 그 목소리. 나이가 전혀 느껴지지 않는 목소리에 실려 있던 기쁨이 고스란히 전해졌다. 당시 추모를 세우려고 준비하는 와중에 일어났던 여러 가지 어려웠던 일들 그리고 그날 하루가 주마등처럼 머릿속을 스치고 지나갔다.

인연이 그런 것이란다. 억지로는 안 되어. 아무리 애가 타도 앞당겨 끄집어 올 수 없고, 아무리 서둘러서 다른 데로 가려 해도 달아날 수 없고잉. 지금 너한테로도 누가 먼 길 오고 있을 것이다. 와서는, 다리 아프다고 주저앉겠지. 물 한 모금 달라고.

최명희의 대하소설 『혼불』에 실린 글이다.

김개남 장군의 추모비는 그냥 세워진 것이 아니었다. 엄청난 인연이 모이고 모여 세워진 것이다. 김지하 선생이 『남녘땅 뱃노래』에서 남원과 김개남에 대한 원인 제공을 했고 우리들은 그 일을 오랜 시간을 두고 추진했으며, 그 글씨를 김남주 시인과의 인연으로 신영복 선생이 썼다. 그리고 그 글씨를 받던 날에 발단을 제공한 사람과 일을 추진하는 사람 셋이 운명처럼 만났을 뿐더러 소설 속에 처음 김개남 장군을 등장시킨 박경리 선생님과 전화를 통하여 원주에서 전주, 전주에서 원주의 다리가 놓인 것이다.

우리가 사는 동안 우리들의 모든 인연은 이미 예정되어 있었던 것은 아닐까? 또한 우리들의 만남, 우리들의 모든 헤어짐까지도…….

김지하 선생은 그 뒤로 내게 자필로 쓴 편지를 많이 보내주셨다.

신정일 형께

(중략)

행사나 일만으로는 마음에 기쁨이 없으며, 자부심이나 당찬 용기도 샘솟지 않습니다. 깊은 공부가 필요합니다. 1995 10월 12일

아무도 내게 공부하라는 말을 해준 사람이 없었는데, 김지하 선생이 격려해주고 독려해준 덕에 그토록 여러 형태의 공부를 했는지도 모른다.

가끔씩 나도 모르게 슬퍼질 때면 김지하 시인의 '녹두꽃'을 나직이 부른다. 그 노래는 내가 외롭고 쓸쓸할 때 즐겨 부르는 18번이다. 부르다 보면 저절로 슬퍼져 눈물이 맺히기도 한다.

빈손 가득히 움켜 쥔

햇살에 살아

벽에도 쇠창살에도

노을로 붉게 살아

타네

불타네

깊은 밤 넋 속의 깊고

깊은 상처에 살아

모질수록 매질 아래 날이 갈수록

흡뜨는 거역의 눈동자에 핏발로 살아

열쇠소리 사라져버린 밤은 끝없고

끝없이 혀는 짤리어 굳고 굳고

굳은 벽 속의 마지막

통곡으로 살아

타네

불타네

녹두꽃 타네

별 푸른 시구문 아래 목 베어 횃불 아래

횃불이여 그슬러라

하늘을 온 세상을

번뜩이는 총검 아래 비웃음 아래

너희, 나를 육시토록

끝끝내 살아.

세월은 가도 잊히지 않을 노래, 그리고 생각만 해도 가슴이 훈훈해지며 보고 싶은 사람이 있다는 것은 얼마나 큰 행운인가?

알 수 없는 인생의 길

강원도 태백에서 시작되어 김포시 월곶면에서 서해로 빠지는 한강 천삼백 리 길을 걸었던 때의 일이다. 강원도 삼척시 하장면 소재지에는 낙동강 유역인 태백·장성·철암 사람들의 식수를 위해 건설된 광동댐이 있다. 댐이 들어서면서 새로 생긴 하장면 소재지의 간이 버스정류장에 다가가니 '누구야 사랑해' '누구는 누구를 좋아해' 등의 낙서들이 빼곡히 들어차 있다. 나무의자에 할머니 한 분이 앉아 계셨다.

"어디 사세요?" 하고 묻자 "넉골 사는데 태백을 다녀오는 길이야" 하신다.

"할머니 고향이 여기예요?" "우리 친정은 저그 삼척 미로면이야." 언제 시집 오셨냐고 말을 받자 "열아홉 살에 시집왔어. 그런데 신랑 얼굴도 몰라" 하신다.

신기한 일이다. 왜 신랑 얼굴도 모를까 싶어 여쭈니, "내가 시집 와서 삼 년 살다가 신랑은 국방경비대로 끌려가버리고, 그때부터 이날 이때까지 소식도 몰라" 하신다. 얼굴도 모르는 신랑과의 사이에 자식은 있냐고 내가 묻자 "아들 하나 났어. 내가 시집왔을 때 시어머니 나이가 서른일곱이었는데 일곱을 낳았었어. 시아버지는 나이를 많이 먹었는디 내가 온 뒤에

넷을 더 낳아 내가 똥오줌 갈아내며 다 키웠지"라고 대답하신다.

젊은 시어머니 밑에서 논은 구경도 못하고 강냉이와 감자, 조와 수수만 심는 농사일은 오죽이나 많았겠는가. 나는 안타까워서 "할머니 아드님은 잘 하십니까?" 하고 묻자 "우리 아들이 나한테 참 잘해. 며느리도 손자들도 어찌나 잘 하는지." 그 말을 듣고 내가 "마음이 놓이네요. 아들내미 하나 있으면서 속이나 썩였으면 어떻게 했겠어요?"라고 혼잣말처럼 말하자 "속 썩였으면 도망갔지 내가 있었겠어. 요즘 텔레비 보면 팔십이 넘어서도 이혼하는 노인들이 얼마나 많아. 사람들이 날더러 쑥맥이라고 해."

그 누구도 그 무엇으로도 위로해줄 수 없고 보상할 길 없는 세월을 살아왔으면서도 눈빛이 지극히 선하고 고우신 김석녀 할머님(76세)을 바라보며 별안간 눈시울이 뜨거워져 고개를 들 수가 없었다. 할머니의 남편이 끌려갔던 국방경비대는 광복 후에 미 군정 하에 창설되어 대한민국 국군의 모체가 되었던 군사조직이다. 미군정 당국은 애초 국방경비대의 조선경찰 예비대로 이름을 지었으나 우리나라 측에서는 남조선경비대라고 불렀다. 그 뒤 1946년 6월 15일 조선경비대로 개칭되었다. 조선경비대는 국가 중요시설의 경비 업무와 좌익의 폭동 진압 업무를 수행하였는데 1948년 4월 2일 제주 4·3사건이 일어나자 제주도에 주둔 중이던 제9연대를 투입하여 6월 14일까지 이를 진압하였다.

움직이는 것은 모두 우리의 적이었지만
동시에 그들의 적이기도 했다
(중략)
육지에서는 기마대가 총칼을 휘두르며 모든 처형장을 진두지휘하고 있었던 그날

빨갱이 마을이라 하여 80여 남녀 중학생들을 금악 벌판으로 몰고 가 집단 몰살하고 수장한데 이어

정방폭포에서는 발가벗긴 빨치산의 젊은 아내와 딸들을 나무기둥에 묶어두고 표창연습으로 삼다가

(후략)

이산하 시인의 장시 「한라산」에는 누가 적이고 동지였는지도 모른 채 숨져간 수많은 사람들의 이야기가 나온다.

국방경비대는 그 후 9월 1일 대한민국정부가 수립되자 정식으로 국군에 편입되었다. 곡절 많고 사연도 많은 한국의 현대사가 어디 김 할머니께만 적용되는 것이랴. 우리 가계 역시 할아버지는 지역에서 활동했던 좌익분자들에게 끌려가 열두 사람이 함께 한날한시에 처형되었고 우리 아버지는 국민방위군으로 끌려갔다가 겨우 살아오셨다 한다. 가버린 하 수상하던 세월들을 어쩌겠는가. 건강하게 오래오래 사시라는 인사를 남긴 뒤 광동마을을 떠날 때 서정주 시인의 「풀리는 한강 가에서」의 몇 소절이 떠올랐다.

강물이 풀리다니

강물은 무엇 하러 풀리는가

우리들의 무슨 설움 무슨 기쁨 때문에

강물은 또 풀리는가

인생의 길에서 낯선 길을 만나다

짧다면 짧고 길다면 긴 인생이라는 길 위에서 사람들은 수많은 사람들을 만난다. 그중에 이름이나 얼굴을 알고서 더불어 살아가는 사람은 도대체 얼마나 될까? 강연 중에 사람들에게 물어보면 백 명이라고 대답하는 사람도 있고, 오백, 천, 많아야 이천 명 정도일 거라고 대답한다. 하지만 통계상으로는 약 사천 명쯤 된다고 한다. 약 65억 명의 사람들이 동시대에 살고 있는데 사천 명을 알고 있다니, 내가 만나는 사람들이 얼마나 소중한가?

그런데 그중에서도 이름만 들어도 혹은 얼굴만 떠올려도 기분이 나쁘고 다시는 만나고 싶지 않은 사람, 기억조차 하기 싫은 사람도 있는 게 사실이다.

이 세상의 길을 걸어가다 보면 우리는 여러 형태로 사람들을 만난다. 그 만남이 인생을 풍요롭게 하고 영혼을 거듭나게 하기도 하지만, 다시는 떠올리기도 싫은 사람을 우연이 아닌 필연에 의해 만날 때가 있다. 나 역시 마찬가지다.

1981년 8월 어느 날 새벽이었다. 꿈속에서 환청처럼 "신정일 씨, 신정일 씨!" 하고 나를 부르는 소리가 들렸다. 지금이 몇 시인가, 꿈인가 하며 시계를 보니 3시 30분. 후문 쪽에서 다시 나를 부르는 소리가 들렸다. 저렇게 정중하게 이 새벽에 나를 부르는 사람은 누구일까? 어디서 들었던 목소리도 아닌데 하며 덮고 있던 얇은 이불을 떨치고 일어났다. 그 당시 우리 집 형편은 말이 아니었다. 제주도에서 힘든 노동으로 겨우 노자를 모아가지고 시작한 사업은 일 년도 채 안되어 거의 밑바닥이 났고, 집세마저 못 내는 형편이라서 월세도 얻지 못하고 가게에 대여섯 개의 의자를 이어 눈을 붙이며 살고 있었다.

'누구일까? 이 새벽에' 혼잣말을 중얼거리며 잠근 뒷문을 열자, 마치 집채만한 파도가 덮치듯 대여섯 명의 덩치 큰 사람들이 밀려들더니 나를 둘러쌌다. 놀랄 사이도 없었다. "누구십니까?" 얼떨결에 부르짖자 "네가 신정일이지?" 그렇다고 하자 "네 소지품이 어디에 있지?" 하고는 카운터에서부터 내 소지품을 모아둔 지하실 계단의 작은 창고까지 찾아내어 소지품을 쓸어 담았다. 그중에는 군대생활 때부터 써온 습작 시들과 김지하를 비롯한 여러 사람의 책들, 당시 흔히 불온하다고 여겨졌던 불온서적 등이 있었다. 잔뜩 겁을 먹은 동생들이 나를 바라보는 것까지는 기억하지만 그 다음은 잘 기억이 나질 않는다.

그러고는 내 두 손을 밧줄로 묶은 뒤 나를 밖으로 데리고 나갔다. 싸늘한 바람이 아직 새벽이었다. 가게 앞 도로변에 두 대의 검은 차가 세워져 있었는데, 나는 앞차에 탔던 것만을 기억한다. 영문도 모르는 나를 태우더니 두 눈을 수건으로 가리자 차가 출발했다. 어디로 끌려가는지 방향도 짐작할 수 없는 상태에서 차는 전속력으로 달렸다. 과연 다시 돌아올 수 있을까? 나는 어떻게 될까? 만약 돌아올 수 없다면 병석에 계신 아버님은? 밀린 집세는? 내일은 단체 손님이 오기로 했는데……. 꼬리에 꼬리를 물고 일어나는 의문 속에서 왜 끌려가는지도 모른 채로, 내 옆에 앉아 있는 사람도 앞좌석에 앉아 있는 사람도 아무 말이 없었다. 도대체 이 차에는 몇 명이나 타고 있을까 궁금했지만 침묵만 흐르기 때문에 짐작조차 할 수 없었다.

이윽고 차가 멈추고, 두 사람이 내 양쪽 겨드랑이에 팔을 끼운 채 나를 내리도록 하였다. 흙길은 아니고 시멘트길이었던 것으로 기억한다. 약 50미터쯤 걸어갔을까? 문을 여는 소리가 나고 계단으로 내려가서 다시 문을 열고 들어서자 여름이라서 그런지 후덥지근했다. 어디선가 들었던 굵직한 목소리가, "별 다른 일 없었는가?" "의자에 앉히고 수건을 풀어" 하고 명령했다. 수건을 풀자 시야가 열리면서 보이는 얼굴, 아! 절망의 탄성이 무심결에 흘러나왔다.

그해 4월 어느 날이었다. 가게에서 책을 읽고 있는 중이었다. 종업원이 누군가 찾아왔다고 하여 보니 체격이 건장하고 얼굴이 두툼한 전형적인 조폭 같은 인상의 사내였다. 불길한 예감이 들었지만 내색은 하지 않았다.

"어디서 오셨지요?"

"신정일 씨 맞지요."

"그런데요."

"신정일 씨에 대해 몇 가지 알고자 왔습니다. 혹시 고향이 어디세요?"

"진안인데요."

"제주도에는 얼마나 있었지요."

"약 2년 반 동안 있었습니다."

대답은 하면서도 이 사람이 누구인데 나에 대해 이런 것을 묻나 생각하며 당신은 누구냐고 할 찰나에 밖에 나갔다 돌아와 옆에 서 있던 바로 아래 동생이 내게 물었다.

“형님 무슨 일이세요?”

“별일은 아닌데, 이 사람이 고향과 제주도에 대해 묻고 있구나.”

그러자 동생은 그 사람 앞으로 다가가 “당신이 뭔데 형님에게 꼬치꼬치 캐묻지요? 신분증 내놓아봐요” 하자 그는 당황한 듯 얼버무렸다. 그 옆에서 있던 동생 친구들이 나서서 “이 자식 이상한 놈 아냐? 아무래도 파출소로 데려가야겠어요” 했다. 결국 그 사람을 멱살을 잡고 질질 끌고서 덕진 파출소로 데리고 갔다. 대낮부터 왁자지껄하여 나온 파출소장에게 자초지종을 얘기하자 “당신 나 따라와!” 하더니 사내를 안으로 데리고 들어갔다. 조금 있다가 파출소장이 나와, “별일 아니었습니다. 그냥 노여움 푸시고 돌아가십시오” 하였다. 그때만 해도 인근 파출소에 밉보이면 장사를 할 수 없다는 것을 익히 알고 있는 나로서는 방법이 없었다. 별 놈을 다 보겠네 하고 돌아왔던 그날, 나를 찾아왔던 바로 그 사람이 안대를 푼 내 앞에 저승사자처럼 우뚝 서 있었다. 신음처럼 내뱉은 나의 한숨 소리를 들었는지, “이렇게 만날 줄 몰랐지? 신정일, 내가 네놈의 뒤를 8개월간을 쫓아 다녔다. 너 간첩이지?”

이 무슨 청천벽력인가? 주위를 둘러보니 창문이 없는 것이 지하실이 분명했다. 이곳이 바로 말로만 듣던 안기부로구나 생각하는 사이에 사내가 내게 조용히 말했다. “신정일, 옷부터 벗어!” 형광등 불빛이 대낮처럼 환한 지하실, 내 주위에 대여섯 명의 사람들이 서 있는 가운데 옷을 벗기 시작했다. 마지막 남은 팬티를 벗기 전 그 사람의 눈빛을 보았다. 이것마저도 벗으라 할까? “어서 벗어!” 냉정한 그의 목소리에 주눅이 들어 다 벗고 나자 그렇게 나 자신이 초라할 수가 없었다. 진실로 그러했다. 남들은 다

옷을 입고 있는데 혼자만이, 그것도 왜소한 체구의 사내가 실오라기 하나 걸치지 않고 불빛을 받고 있는 것을 한 번 상상해보시라. 얼마나 우스운 일인가를. 부끄러움도 잠시, 막막한 두려움이 밀려왔다.

마음의 준비를 하고 있는 사이, 그들이 나를 심문하기 시작했다. 나를 맨 처음 심문한 사람은 나를 찾아왔던 그 남자였다.

"너 김대중이 몇 번 만났어, 김대중에게 돈을 얼마나 받았지?"

나는 기어 들어가는 소리로 "아닌데요" 했다. "이 새끼 거짓말하지 마. 너 제주도에 있을 때 북한에 몇 번 갔다 왔어? 김일성이를 몇 번 만났고 돈은 얼마나 받았어?" 그의 말을 듣고서야 내가 여기에 온 이유를 알았고, 내게 뒤집어씌우려는 죄가 얼마나 무거운지를 짐작할 수 있었다.

"네가 여기 있는 줄 이 세상 사람 아무도 몰라. 네가 여기서 죽어나가도 아무도 몰라. 너에 대한 모든 것을 다 알고 있어! 하나도 숨김없이 다 말해야 해!" 천장이 울릴 정도로 큰 목소리의 사내가 나를 윽박지르는 것을 보며 어쩌면 내가 여기서 영원히 못 나갈지도 모른다는 생각이 들었다. 하지만 내가 하지도 않은 일을 했다고 시인하고 받지도 않은 돈을 만나지도 않은 사람에게서 받았다고 할 수는 없지, 그것만은 아니라고 말하자 생각했다.

"학교는 어디까지 나왔어?"

그 당시는 초등학교를 국민학교라고 했기 때문에 국민학교라고 말했다.

"이 새끼 국민학교만 졸업한 것 맞아? 아니지, 일부러 숨긴 것이지? 거짓말했지?"

"아닌데요."

"너, 국민학교밖에 안 나온 놈이 어떻게 그렇게 어려운 책을 읽어? 똑바로 말해!"

내가 아무리 독학을 했다고 해도 아니라고 우기며 바른대로 말하라고 했다. 나는 돈 벌러 제주도에 갔었고, 그래서 2년 반에 걸쳐 제주도에서 힘든 노동을 했다. 그리고 절대 그가 말하는 그런 일이 없었다. 김일성이나 김대중을 내가 어떻게 알고 만날 수 있었겠는가? 네 사람이 돌아가며 심문했는데 발로 차이고 맞고 고문당하기를 반복하였다. 그러다가 의식을 잃고 시체처럼 누워 있었는데 정신이 깨어날 때쯤 내 영혼을 후비고 지나가던 카프카의 말, "절망하지 말라. 네가 절망하지 않는다는 것에도 절망하지 말라. 이미 모든 것이 파국에 이르렀다고 보일 때에도 새로운 힘을 불러일으키는 것, 그것이야말로 네가 살았다는 것을 의미하는 것이다." 그랬다. 나는 그 말로 버티고 또 버티었다.

그런데 신기한 것은 그중의 한 사람이 나에게 관심을 보이면서 친절하게 대해주는 것이었다. "신 선생 힘드시죠. 조금만 참아내면 됩니다." 그 말이 그렇게 고마울 수가 없다. 그는 내게 다가와 "커피 한 잔 하시겠습니까?" 하였는데 천사가 따로 없이 느껴졌다. 무의식적으로 고개를 끄덕이자 문을 열고 그가 "어, 아무개 조사원 커피 한 잔 가져와" 하니 조금 있다가 커피를 들고 한 여자가 들어왔다. 그가 나를 행해 웃음을 지으며 인사를 하는데, 아니, 이럴 수가! 양식 주방장의 사촌누이동생이 아닌가!

그해 삼월 초였을 것이다. 어느 날 아침 아홉시 반 무렵, 20대 후반의 웬 여자가 찾아왔다. 익산에 살고 있는 주방장의 사촌누이동생이라고 했다. 그러시냐고 앉으라고 하고서 커피 한잔을 권하자 여자는 고개를 끄덕였다.

오빠를 기다리던 청순하게 보이던 그 여자와 커피를 마시면서 이런저런 이야기를 나누었다. 그러다 주방장이 오자 "오빠!" 하고 부른 뒤 집안일로

상의할 일이 있다고 나가며 공손하게 인사하던 그 여자. 주방장은 그 여자와 갔다가 두세 시간 뒤에 들어왔었다. 그 당시의 여러 정황이 마치 조금 전의 일과 같이 파노라마처럼 스치고 지나갔다. 그런데 그 여자가 이곳에서 근무하는 안기부 요원이었다니, 머리가 터질 것처럼 지근거리고 아팠다.

더 놀라운 사실은 그다음 일이었다. 내가 가까운 사람들과 나눈 대화들이 그들이 내게 내민 기록 속에 한마디도 틀리지 않고 기록되어 있었다. 이럴 수가! 그 순간, 그날, 내가 만났던 모든 사람들의 얼굴이 주마등처럼 스치고 지나갔다. 그중 누구란 말인가? 아무도 믿을 수 없다는 사실, 이제 누구를 믿고 나의 고뇌를 이야기하고 세상을 이야기 한단 말인가?

이곳 밀실에서 나를 사람으로 대우해준 그 사람은 30대 후반쯤 되어 보였는데, 나에 대해 깍듯이 예의를 차렸고, 얼굴만 보아도 지식인 타입이었다.

"신정일 씨는 어떤 시인들을 좋아하시오?" 나는 아무런 말도 할 수 없는데, "미당 서정주 시인은 우리말을 가지고 시를 너무 잘 쓰기 때문에 존경합니다. 신정일 씨는 어떻소?" 하였다. 나는 그저 고개만 끄덕이며 의자에 시체처럼 기대 있을 뿐이다. 그는 그런 나의 생각이나 표정은 아무런 의미가 없다는 듯 시와 소설을 이야기했다. 아무래도 저 사람도 문학도였는가 보다, 글은 안 써지고 그러다 이곳에 밥벌이를 위해 취직했을까, 이런 쓸데 없는 생각을 이토록 냉혹한 상황에서 하고 있는 자신에 대해 자조감이 들었다. 그러는 사이 취조관이 바뀌고 나는 다시 그 무시무시한 간첩혐의자가 되어 무자비한 취조와 함께 고문을 당하기 시작했다.

그런 일이 있은 뒤 몇 년이 지나 TV에서 한수산의 필화 사건에 휘말린

박정만 시인의 고문 장면을 본 적이 있다. 어찌 그리도 내가 겪었던 상황과 흡사한지, 김대중에게 돈을 얼마나 받았고, 북한에 가서 김일성을 얼마나 여러 번 만났는지 그리고 이어지던 고문. 나와 같이 이곳 안기부에 끌려가 고문을 받고 간첩이 되거나 정신이상이 되어 폐인이 된 사람들이 얼마나 많았을까?

그렇게 며칠이 지났을까? 잠을 못 이룬 채 취조와 고문을 당하다 보니 며칠이 지났는지 분간할 수 없던 어느 날이다. 방에는 아무도 없었고 마치 한가한 날, 세상에 정적만 감도는 것 같은 시간이었다. 불쑥 문을 열고 그 문학에 관심이 많다는 취조관이 들어왔다. "커피를 드시겠소? 이제야 조사가 끝났소, 자술서만 쓰면 나갈 수 있을 것이오. 자술서를 써야 하는데, 당신이 나보다 글을 잘 쓸 테지만 자술서 양식에 맞게 써야 하니까, 당신이 태어나서 살아온 그대로를 하나도 빠뜨리지 말고 구술하시오, 어린 시절 아팠던 것이나 누군가를 짝사랑했다는 것까지 그러니까 아주 사소한 것까지도 말해야 하오. 조금이라도 숨기는 것이 있는 것 같으면 집으로 돌아갈 수 없소."

그렇다. 나는 아주 기이한 상황에서 난생처음으로 그날 그때까지 살아온 생애를 돌아보며 상대방에게 말할 수밖에 없었다. 그것은 그야말로 기이한 풍경이었다. 줄잡아 대여섯 시간은 걸렸을 것이다. 취조관 남자는 가끔씩 피곤하면 "커피를 마시겠소? 나는 담배를 한 대 피우겠소" 하며 쉬기도 하였다. 그 사이 그는 담배를 두어 갑은 피웠을 것이다, 매캐한 담배 연기 속에서 나는 살아온 내력을 토해냈고, 그는 내 이야기를 속기로 적었다. 푸르던 젊음의 시절 찬란하게 빛나야 할 그 이십대 중반에 나는 생각만 해도 기이한 자서전을 입으로 구술했다. 구술이 끝나자 그는 말했다. "다시 자술서를 쓰는데, 내가 부르는 대로 쓰시오." 나는 그가 부르는 대로 자술서를 썼다. 세상에 나와서 책을 읽고 군대를 갔다 온 것밖에 아무 것도 한 일이 없는 나의 자서전을 나하고 전혀 안면이 없던 한 사내가 국가에서 주는 월급을 받으며 써주고 있었다.

그 기이한 자서전이 완성되고, 그는 내게 말했다. "이 글은 '영구보존함'에 들어갈 것입니다." 그리고는 내게 다시 다짐을 받았다. "여기에 왔던 일, 여기 와서 겪었던 일을 죽는 날까지 누구에게라도 해서는 안 됩니다. 여기 와서 겪었던 것은 당신의 가슴속에만 있어야 하오. 하여간 수고했소. 언젠가 이곳에 온 것을 영광의 한 시절이라고 여길 날이 있을 것이오." 그리고 밖으로 나가더니 옷을 가져다주었다. 그때 내가 어떤 옷을 입고 있었는지 전혀 기억이 나지 않는다. 며칠 만인가, 내가 마치 나체촌에서처럼 옷을 벗고도 부끄러움도 모르고 지내다가 다시 옷을 입다니, 옷을 입는데 돌연 눈물이 났다. 입술을 질끈 질끈 씹으며 나는 울었다. 울면서 이제 집으로 돌아갈 수 있겠구나. 위독하신 아버님께서 얼마나 나를 기다렸을까? 매일 저녁 통학차로 가면 힘도 없이 나를 맞던 아버님, 어머님은? 그리고 가게는 어떻게 되었을까?

수건으로 얼굴이 가려졌고, 다시 계단을 오르고 시멘트 길을 걸어가 차에 올랐다.

차로 얼마를 달렸을까? 나를 내려준 남자가 "우리가 간 뒤에 수건을 풀으시오" 하며 차에 올랐고 이내 차는 곧바로 떠났다. 수건을 풀자 가게 바로 앞이었다. 어둠이 장막처럼 드리운 밤인가 새벽인가 모를 거리에 바람이 차갑게 불어와 내 빰을 스치고 지나갔다. 그때 그 순간을 한 편의 시로 쓴 것은 약 5년이라는 세월이 강물처럼 흐른 뒤였다.

다만 조금 먼저 갈 뿐이다

•

우윤禹潤 선생이 죽었다는 소식을 전해 들었다. 그가 이 세상을 하직했다는 얘기를, 간암으로 그렇게 소식도 전하지 못하고 죽었다는 얘기를 너무 늦게야 듣고서 가슴이 무너져내렸다. 한참을 지나서야, 사람이 그렇게 아무 소식도 없이 살다가 홀연히 가버릴 수도 있다는 사실을 실감했다.

그와 만난 것이 언제쯤이던가, 기억이 가물가물하지만 아마도 1990년대 초였을 것이다. 키가 훤칠하게 커서 나보다 머리 하나는 더 있을 법한 경상도 사내 우윤. 서강대 정치외교학과를 나와 다시 역사공부를 시작한 우윤 선생과 나는 동학에 심취해 있는 것이 닮았고 그리고 무엇을 계산하거나 망설이지 않고 실천하는 추진력이 닮은꼴이었다. 1992년 동학농민혁명의 지도자인 김개남 장군의 추모비를 덕진공원에 세우는 과정에서 우리는 여러 차례 만났고, 동학농민혁명 백 주년 기념대회를 치루면서도 이렇게 저렇게 만났다.

그가 우리 지역에 세워진 모 박물관 관장으로 온 것은 그런 동학에 대한 열정과 학자나 사람으로서의 됨됨이가 여러 사람들로부터 신망을 받았기 때문이었다. 그는 오자마자 나에게 전화를 걸어 많은 도움을 받고 싶다며 안부전화를 주었지만 서로 바쁜 관계로 자주 만나지 못하였다. 그러다가 도 어쩌다 만나면 그것은 거의 우윤 선생의 전화 때문이었다.

"우윤입니다. 선생님, 언제 한가하신지 점심이나 먹읍시다." 그렇게 해서 홍지서점 앞 식당에서 점심을 먹게 되면 그는 여러 가지 지역의 문제점과 사람들에 대한 불만을 늘어놓고는 했다.

"왜 대부분의 사람들, 특히 공부하는 사람들이 부지런하지 않은지요. 왜 이 지역 학자들 중의 몇 사람은 학문을 하는 사람들의 본분인 공부에는 관심이 없고, 도청이나 시청 또는 군청 주변을 어슬렁거리면서 장사꾼처럼 프로젝트를 따는 데만 열중하는지 모르겠습니다. 그렇게 공부가 싫고 돈이 좋으면 사업을 해서 돈을 벌지, 공부한다는 핑계를 대면서 돈만 쫓아다니면서도 목에 힘을 주고 사는지 모르겠습니다." 열변을 토하는 그의 말은 다음으로 이어졌다. "공부하는 사람은 다만 한 권의 단행본이나 논문으로 스스로를 드러낼 뿐입니다."

그렇게 비분강개해서 말하던 우윤 선생이 이 지역에서 버텨내지 못하고 쫓기듯이 간 뒤로 소식이 없다가 느닷없이 죽었다는 소식이 들려오다니……. 동학농민혁명 백 주년 행사를 준비 중이던 1993년에서 1994년까지 우윤 선생이 정신적 스승으로 여기던 이이화 선생님과 셋이서 여러 차례 돌아다니며 나누었던 얘기가 아직도 귓전에 생생한데 그는 이미 그렇게 서둘러 가고 없었다.

그가 쓴 『전봉준과 갑오농민전쟁』의 서두 '아내를 묻는 전봉준'에 다음과 같은 글이 나온다.

전봉준은 오랫동안 앓다가 끝내 일어서지 못하고 죽은 아내를 황토재 언덕 아래 묻었다. 아내는 잘 먹지도 입지도 못하면서 어린 사남매의 뒷바라지로 이 일 저 일 닥치는 대로 하다가 어느 틈엔가 병이 나고 말았던 것이다. (중략) 아내는 열심히 일했다. 희망이라곤 털끝만치도 보이지 않는 찢어지는 삶인 줄 아내인들 몰랐을까? (중략) 아내의 삶은 그렇게 마무리되었다.

우윤 선생의 부인 역시 교사로서 늦게 공부하는 남편의 뒷바라지를 하였다. 전봉준이 아내를 먼저 보낸 것과 달리, 자신이 먼저 병마에 시달려 많은 돈을 허비하고 가는 그 마음은 얼마나 쓰리고 아팠을까? 그가 가는 길에 "새야 새야 파랑새야 녹두밭에 앉지 마라. 녹두꽃이 떨어지면 청포장수 울고 간다" 노래 소리가 따라왔을까? 그가 가고 없는데도 세상은 아무렇지도 않다는 듯 전과 다름없이 탐욕스럽게 돌아가고, 대동정신이나 인간을 섬기는 정신은 어디서도 찾아볼 수 없다.

부끄러움을 모르는 이 시대에, 솔직하게 살았기 때문에 울화와 슬픔으로 보낸 세월이 병이 되어 먼저 간 선생의 명복을 빌며, 내가 죽어 선생을 만난다면 나는 뭐라고 변명해야 할까? 전주에서 선생이 떠난 뒤 전화 한 번 하지 않은 내가 너무 무정했었다고 하면 그래도 선생은 서운하지 않았노라고, 사람이 나면 가는 것, 다만 조금 먼저 갈 뿐이라 할지 모른다. 삼가 명복을 빌고 또 빌 뿐이다.

건널 수 없는 강 때문에

•

두 발로 전국을 휘젓고 다니다 보면 어디 못 갈 데가 없을 것 같지만, 사실 갈 수 없는 데가 많다. 대개 우뚝 솟은 산이나 범접할 수 없는 벼랑이 그러하고, 큰 지류支流를 만나서도 아무런 대책이 없다.

하천사랑운동의 회원들과 함께 금강 따라 천 리 길을 걸어갈 때의 일이다. 지천을 건너면 바로 백마강교이고 그 부근에서 점심을 먹으리라는 기대 하나로 왔는데, 지천에 도착하여 보니 난감했다. 하류에 어떤 식으로든 다리가 놓여 있기를 바랐던 기원이 이뤄지지 않은 것이다.

점심때는 다가왔는데 멀리 다리가 놓인 규암면 금암리 장주마을까지는 3킬로미터쯤 될 성싶었다. 가는데 3킬로미터 오는데 3킬로미터이니, 누가 우리를 대신해서 저쪽까지 가줄 사람 없을까? 그렇지 않으면 농사용 차량이라도 이쪽으로 왔으면 좋으련만. 걱정이 태산처럼 밀려오며 다리가 더욱 아파왔다.

그러나 사람이 꼭 죽으라는 법은 없다던가. 먼발치에서 바라보니 지천에서 고기를 잡은 사람 둘이 세워둔 오토바이를 타기 위해 그물을 들고 오는 것이 아닌가. 백마강교까지만 데려다 주면 기름값이라도 주겠다. 오토바이 하나에 두 사람이 타고 하나에 한 사람이 타면 될 것 아닌가. 떡 줄 사람은 생각도 않는데 김칫국부터 마신다지만 빠졌던 힘이 샘솟았다.

그런데 하늘이 도울 맘이 아니었던지, 50대인 두 사람 다 농아가 아닌가. 우리가 아무리 손짓발짓으로 다리가 아파서 못 가겠으니 저기 저 백마강교까지만 데려다 달라, 후사하겠다 이야기해도 알아듣지 못한다. 이럴 줄 알았더라면 수화를 배워두었을 텐데 속절없는 후회만 밀려들었다. 다리가 몹시 아팠던 하천사랑운동의 김재승 회장은 다리가 아프다는 표시로 다리를 손으로 두드려도 보았지만 두 사람은 한사코 안 되겠다는 표시다. 나는 아무래도 안 되겠다 싶어 단념하고 제방 둑을 걸어갔다. 채성석 씨도 내 뒤를 따라오는데 그래도 미련이 남은 김 회장은 그들을 설득하기 위해 안간힘을 다 쓴다. 아무래도 그 사람들은 불법으로 고기를 잡았기 때문에 가다가 누구를 만나는 걸 두려워했는지도 모른다. 결국 그들은 오토바이를 타고 저 멀리 사라져가고, 김재승 회장은 맥이 빠진 채 축 늘어져 걸어온다.

작은 다리를 지나 장주마을에 도착한다. 슬슬 배는 고프고 비는 다시 굵어진다. 강 답사는 이런 때가 가장 낭패다. 지류와 본류가 만나는 지점에 다리가 없으면 2킬로미터건 3킬로미터건 한없이 돌아갈 수밖에 없으니……. 이럴 때는 그저 『논어』에 나오는 "배우고 익히면 이 또한 즐겁지 아니한가?"를 응용하여 "돌아가는 것, 이 또한 즐겁지 아니한가?" 하고 돌아가는 수밖에 없다. 그렇게 수많은 길들을 되짚어가기도 하고 에둘러 걸어왔다. 곤경이나 위험이 닥쳐도 운명이라고 여기며 감수하고 가다 보면 마치 제임스 힐튼의 『잃어버린 지평선』에 나오는 '샹그리라'와 같은 이상향을 발견할 수도 있지 않을까? 앞으로 뻗은 것만이 길이 아니니 말이다.

용꿈과 로또

•

얼마 전의 일이다. 내가 용이 되어 하늘로 날아오르다가 비바람에 상처를 입었는데 그래도 올라가겠다고 발버둥치다가 깨어나는 꿈을 꾸었다. 말하자면 '용꿈'을 꾼 것이다.

다음 날 전북지방 변호사 모임 답사 안내를 하던 중에 지난밤 꿈 이야기를 하자 어느 변호사분이 꿈을 사겠다고 하였다. 다른 생각을 전혀 하지 못한 나는 왜 내가 꾼 꿈을 산다고 하는지 의아해하며 "제가 본 꿈은 상처받은 용이었는데요" 했더니 그 변호사가 하는 말이 "상처받은 용도 용이 아닙니까?" 하는데 그냥 무심결에 팔기가 싫다고 하였다. 그 다음 주 초에 만났던 지인이 내 꿈 이야기를 들었다면서 "형님 로또 사셨어요?" 한다.

나는 그제야 깨달았다. 왜 내 꿈을 사겠다고 했는지. 나는 왜 그렇게 형광등처럼 둔한 것인가. 그래서 내 삶에서 한 번도 그런 행운이 없었는가 하는 생각에 사로잡혀 있었는데 "지금이라도 로또 하나 사세요" 하는 말에 복권 몇 장을 샀다. 일주일이 지난 뒤 아들에게 한 번 맞혀보라고 하고서 잠을 청했는데, 아침에 일어나 물어보니 4등이 되어 65,000원을 타게 되었다는 것이었다.

그 전에도 몇 번인가 로또를 사본 적은 있지만 본전도 찾기 힘들던 로또를 아무리 용꿈을 꾸었기로서니 시효가 지나도 한참을 지난 뒤에 사서 4등으로 당첨이 되다니. 제 날짜에 샀더라면 타워팰리스의 주인이 되었을지도 모르는 것 아닌가? 하는 허황된 후회도 들었다. 그래서 우리땅걷기 강화도 답사에서 그 얘기를 하자 여러 사람들이 그나마도 잘되었다고 축하해주어 당첨 턱으로 껌 한 개씩을 돌렸다.

"사람의 운명은 정해진 규칙대로 움직이는 체스가 아니라 보물찾기 같은 것이다"라는 에렌부르그의 말이 맞는다면, 나는 보물을 찾을 기회를 한번 놓쳐버린 셈이다. 하지만 그리스의 역사가인 투키디데스의 말대로 "일은 사람의 마음과 마찬가지로 이치에 맞지 않은 방향으로 진행되는 경우가 있다. 이럴 때는 모든 것을 운에 맡기는 것이 편하다"는 말이 더 맞는지도 모른다.

긍정적인 사람과 부정적인 사람이 있다. 매사에 긍정적인 사람이 있는 반면 나는 매사에 부정적인 사람이었다. 지금은 어느 쪽에 더 가까운지 알 수 없으나 놓친 기회에 매달려 현재를 그르치는 일이 없으니 긍정적으로 살고자 애쓰는 사람인 것만은 분명하다. 그리고 어쩌면, 내가 놓쳤다고 생각한 그 기회가 행운이 아닌 불행으로 되돌아왔을지도 모르는 일이지 않은가? 내 삶은 내가 살아온 그대로의 길이 가장 올바르고 행복한 것일 수도 있다. 사람이란 모름지기 두 가지 인생을 살 수 없으니, 지나온 길에 만족할 줄 아는 마음가짐이야말로 우리가 찾을 수 있는 가장 큰 행복일 것이다.

경주 남산을 생각하며

•

이틀간 경주 남산에서 지냈다. 온갖 꽃들과 그 청청한 소나무 숲이 마음 속에 여러 형태의 그림자를 남겼다. 그러나 항상 그보다 더욱 깊은 자취로 남아 잊히지 않는 것이 있다. 바로 매월당 김시습과 용장사 터다.

김시습의 외모에 관한 글이 율곡이 지은『김시습전』에 다음과 같이 실려 있다.

사람된 품이 얼굴은 못생겼고 키는 작으나 호매영발(豪邁英發)하고 간솔(簡率)하여 위의(威儀)가 있으며 경직하여 남의 허물을 용서하지 않았다. 따라서 시세(時勢)에 격상(激傷)하여 울분과 불평을 참지 못하였다. 세상을 따라 저앙(低仰)할 수 없음을 스스로 알고 몸을 돌보지 아니한 채 방외(方外, 속세를 버린 세계)로 방랑하게 되어, 우리나라의 산천치고 발자취가 미치지 않은 곳이 없었다. 명승을 만나면 그곳에 자리 잡고 고도(古都)에 등람(登覽)하면 반드시 여러 날을 머무르면서 슬픈 노래를 그치지 않고 불렀다.

김시습은 금오산에서 지내면서 시를 짓기를, "오막살이 푸른 담요 따뜻하기도 한데 매화 그림자 창에 가득, 달 밝은 밤에 등잔 돋우고 밤새 향 피우고 앉았으니, 사람이 보지 못한 책 볼까 두렵구나" 하였다.

조선의 모든 곳을 답사한 김시습이 가장 살만한 곳[卜居]으로 여기고 사랑했던 곳은 아마도 경주의 금오산일 것이다. 『매월당집』 부록 제2권에 실린 「매월당시사유록후서梅月堂詩四遊錄後序」에 의하면 "금오에 살게 된 이래로 멀리 노는 것을 좋아하지 아니하고, 다만 바닷가에서 한가로이 노닐며 들판과 마을을 말과 행동에 구애받음이 없이 자유로이 다니며, 매화를 찾고 대밭을 찾아 언제나 시를 읊고 술에 취함으로써 스스로 즐거워하였다"라고 썼다. 금오산을 '흘러다니다가 멎는 산'이라는 의미로 고산故山으로 삼고자 했음인지 여러 번 되풀이해서 '고산'이라고 썼다.

그는 태어나서 자란 서울을 객관客官이라 하였고, 서울에 있으면서 꾸는 꿈을 객몽客夢이라고 하였다. 그런 여러 가지 정황을 보아 김시습이 얼마나 경주의 금오산을 사랑했는지를 짐작할 수 있다. 그렇기 때문에 관서, 관동, 호남은 하나의 도道로 여겨서 하나의 유록으로 만들면서 금오는 하나의 부인데도 하나의 유록으로 만들었다.

그의 호인 매월梅月 역시 금오산의 금오매월에서 따왔으며, 그가 머물렀던 금오산실이 용장사茸長寺인데 그 집의 당호가 바로 '매월당'이다.

그는 자신의 저술인 『금오신화』를 석실에다 감추고 말하기를 "후세에 반드시 나를 알 사람이 있을 것이다"라고 하였는데 그의 말이 헛되지 않아 『금오신화』가 사람들에게 발견되어 김시습의 작품 중에서도 널리 알려진 작품이 되었다.

옛사람도 이제 사람 비슷할 거며

이제 사람 뒷사람도 같을 것이다.

세상일은 흐르는 물과 같아서

유유히 가을 가면 또 봄이 오네.

오늘은 송하에서 술을 마시고,

내일 아침 첩첩산중 향하여 가네.

첩첩산중 푸르른 산봉 속에서

그대를 생각하니 정이 서리오.

김시습이 추강 남효온과 헤어지면서 쓴 「추강을 이별하며」라는 시다. 두고 떠나는 것은 항상 막연한 슬픔인데 그렇게 사랑하던 이곳 금오산을 두고 어떻게 매월당은 표표히 세상을 떠돌았을까?

김시습은 편벽된 성질을 지녔기 때문에 가난하여도 무엇이건 빌리지 않았고 남이 주어도 받지를 않았다 한다. 어디 간들 집 아닌 곳이 없고 어느 길이든 내 길이 아닌 길이 없기를 바라는 내가 오랫동안 머물다 가고 싶은 곳은 과연 어디쯤일까.

그리워지는 만물박사

•

어머니는 당신이 일본강점기 때 소학교를 나온 것에 대해 대단한 긍지를 가진 분이었다. 반면 아버지는 소학교 3학년쯤에 학교를 중퇴하여 졸업장이 없으나 그런 것에 구애를 받지 않으셨다.

비록 소학교 졸업장은 없었지만 아버지는 기억력이 비상하고 언변이 좋은 분이었다. 아버지 친구들이 어려운 일이 생길 때마다 조언을 구하러 왔었는데 그때마다 아버지는 명쾌한 해답을 내려주었다.

밖에서 똑똑한 사람들이 자기 자신의 앞가림을 못하는 경우가 더러 있는데, 아버지도 당신 자신은 재미있는 삶을 살았을지 몰라도 집안사람들의 삶은 피폐하기만 했다. 하여간 아버지는 우리 고장에서 쓰는 말로 '안다니 박사'였다. 일종의 만물박사라고 할까?

답사를 다니다 보면 이러한 사람들이 어느 지방에나 몇 사람씩은 있다. 척하면 삼천리라서 모르는 것이 없다. 어떤 사람은 남의 스캔들에 아주 관심이 많고, 또 어떤 사람은 남의 재산에, 또 어떤 사람들은 정치에, 연예인에, 스포츠 스타의 신변잡사에 목숨을 건듯 세세하게 안다. 모두 다 '가려운 내 다리 놔두고 남의 다리 긁는 것'이나 다름없다.

나의 아버지도 그런 사람 중의 한 사람이었다. 이 동네 저 동네 사람들의 면면은 물론이고, 온갖 대소사에 심지어 그 집의 소가 몇 마리고 어떻게 생겼는지까지 알다 보니 사람들과의 대화의 장場이 무궁무진하게 많았다. 그런 아버님 곁에 사람들이 얼마나 많이 모였겠는가. 사람이 많이 모인 곳에서 아버님이 이야기를 풀어놓으면 사람들이 흠뻑 빠져서 집으로 돌아갈 줄을 몰랐다. 이야기 잘하지, 술 잘 사주지…….

어린 나는 아버님이 돌아오셔서 하루 동안 일어났던 이야기를 들려주시거나 마을 친구분들에게 당신이 겪은 이야기를 들려주실 때마다 '나는 아버지와 달리 왜 그렇게 말을 못하는가?' 하고 늘상 주눅이 들곤 했었다.

벌써 아버님이 이 세상을 하직하신 지 스물일곱 해가 다 되어간다. 나 역시 본의든 타의든 말과 글로 밥을 벌어먹고 살고 있다. 그것을 보면 아버님의 끼를 얼마쯤은 이어받은 것 같다.

만물박사, 어떤 사람은 이런 사람들을 통칭해서 '이것저것 연구소'라고도 한다. 누구나 어느 지역에 가더라도 쉽게 만날 수 있는, 그런 사람들이 있어서 세상을 재미있게도 하고 여유롭게도 한다. 당신은 어떤 만물박사를 알고 있는가?

내 마음의 명당

누구나 세상이라는 강물을 숨 가쁘게 헤쳐가다가 지쳐서 쉬고 싶을 때, 불현듯 가고 싶은 곳이 한 군데쯤은 있을 것이다. 나에게는 김제 모악산 자락의 귀신사와 강진의 무위사, 영주의 부석사가 그런 곳이다. 어째서 그런가 하면 그곳이 바로 내 마음의 명당 터이기 때문이다. 어지러운 세상에서 살다가 내가 왔던 곳으로 돌아갈 때 머물고 싶은 곳, 그곳이 바로 귀신사 대적광전 뒤편이다.

벌써 오래전 일이다. 전주에서 '화장서약火葬誓約' 행사가 주부클럽 연합회 주최로 열린 일이 있었다. 전주시장을 비롯한 각계각층의 사람들 중 내가 나이가 젊은 편에 속했다. 그때 다음과 같은 이야기를 했다.

화장해서 납골당에 묻히면 더없이 좋은 일이지만 사회지도층 인사들이 화장하고 나서 호화분묘를 쓴다면 화장이 무슨 소용이겠습니까? 나는 나의 아이들에게 유언 아닌 유언을 남겼습니다.

'내가 죽으면 곧바로 화장을 해서 그 남은 재를 내가 좋아하는 세 곳에 뿌려주어라. 영주 부석사 무량수전 뒤편과 김제 귀신사 삼층석탑 뒤편 그리고 강진 무위사 극락전의 측면에다 뿌리고 추석이나 설 또는 내 기일에 그곳에 가지 말고 제사도 지내지 말 것이며 혹시라도 너희들이 그곳에 갈 때만 나를 생각해다오.'

그 말을 들은 아이들이 "아버지 그래도 납골당에라도 모셔야 하지 않아요?" 하여서 저는 다음과 같이 말했습니다. "살아서 평생을 떠돌았던 내가 조그마한 무덤이나 상자에 넣어져 납골당에 안치된다면 얼마나 답답해할 것이냐. 그곳이 바로 감옥이 아니겠느냐. 죽은 다음에도 영혼이 남아 있다면 이곳저곳을 떠돌다가 내가 좋아하는 그곳에 가 있을 것이 아니냐."

내 말을 듣고 누군가가 자기도 그렇게 생각을 해봐야겠다고 했지만 무엇보다 중요한 것은 다짐보다 실천이리라.

전주에서 삼천이라고 부르는 세내三川다리를 건너 용산리·황소리·독배를 지나 청도재를 넘으면 유각마을이고, 그 아래로 좀 더 내려가면 청도리에 닿는다. 무성한 감나무가 그늘을 드리운 길은 마치 어린 날에 외갓집 가는 길의 풍경을 자아낸다. 그리고 작은 개울을 건너면 귀신사에 이른다.

귀신사歸信寺는 신라 문무왕 16년(676)에 의상대사가 세운 절로 창건 당시에는 국신사國信寺라 불렸으며, 신라가 삼국을 통일한 후 정복지를 교화하여 회유하기 위해 각 지방의 중심지에 세웠던 화엄십찰華嚴十刹 중 하나로서 전주 일대를 관할하던 큰 절이었다.

의상의 명으로 세워진 화엄십찰이 『법정화상전』에는 다음과 같이 실려 있다.

중악공산(中岳公山)의 미리사(美理寺), 남악(南岳) 지리산의 화엄사(華嚴寺), 태백산의 부석사(浮石寺), 강주 가야산의 해인사 및 보광사(普光寺), 서산 가야협의 보원사(普願寺), 계룡산 갑사(甲寺), 낭주 금정산의 금어사(梵魚寺), 비슬산의 옥천사(玉泉寺), 전주 모악산의 국신사(國神寺), 한주(漢州) 부아산(負兒山)의 청담사(淸潭寺)

화엄십찰은 의상대사 혼자의 힘이라기보다는 의상대사의 제자들이 힘을 합쳐 지은 것으로 추정된다. 하지만 지금은 그 옛날 여덟 개의 암자를 거느렸고 금산사까지 말사로 거느렸다는 귀신사의 위용을 짐작하기가 쉽지 않다.

사기에 따르면 고려 때 원명대사가 중창하면서 절 이름이 구순사狗脣寺로 바뀌었다가, 조선 고종 10년에 고쳐 지으며 귀신사로 바뀌었다고 한다. 몇 년 전에 절 이름이 귀신鬼神과 같은 발음이라 하여 국신사로 바꾸었다가 근래 다시 귀신사로 되돌아왔다. 고려 말에는 이 지역에 쳐들어왔던 왜구 300여 명이 주둔했을 만큼 사세가 컸으나 지금은 대적광전과 명부전, 요사채 등의 건물, 대적광전(보물 제826호) 뒤편의 계단을 따라 올라간 곳에 고려시대에 세워진 것으로 추측되는 3층석탑(전라북도 유형문화재 제62호)과 엎드려 앉은 사자상 위에 남근석이 올려진 석수 그리고 멀리 청도리 입구 논 가운데에 누구의 것인지도 모르는 부도(전라북도 유형문화재 제63호)가 있을 뿐이다. 모두가 어지럽게 널려 있고 제 멋대로 내던져진 듯하면서도 자세히 보면 질서정연하다.

돌아올 귀歸에 믿을 신信 그래서 '돌아와 믿는다'는 뜻을 지닌 귀신사를 두고 1992년도 이상문학상을 수상한 양귀자는 그의 소설 『숨은 꽃』에서 "영원을 돌아다니다 지친 신이 쉬러 돌아오는 자리"라고 표현하기도 했다. 소설의 무대로 문학기행차 오는 사람들이나 나처럼 조용함과 그윽함에 빠진 사람들이 즐겨 찾는 조용하기 이를 데 없는 절이지만, 한 번 찾은 이는 그 은근한 맛을 잊지 못해 다시 찾는다. 무엇보다 이 절에서 가장 사람들을 잡아끄는 마력을 지닌 곳은 3층석탑이 서 있는 그 언덕에서 바라다보이는 건너편 마을 풍경일 것이다. 고즈넉하게 혹은 그림처럼 보이는 백운동마을에 증산 강일순의 제자였던 안내성이 세운 증산대도회를 믿는 수많은 사람들이 모여 살았다. 그러나 지금은 더러는 세상을 하직하였거나 더러는 떠나가서 스무 채 남짓한 마을 사람들이 언젠가 올 그날을 기다리며 살고 있을 뿐이다.

MBC 문화방송의 〈문화 사색〉이라는 방송 차 귀신사에 온 일이 있었다. 내가 좋아하는 돌계단 옆에 흐드러지게 핀 꽃들 속에서 애기 똥풀이 유난히 눈에 띄었다. 그 노란 꽃을 꺾어서 손바닥과 팔에 찍자 마치 어린아이의 똥처럼 노랗게 번지는 꽃물. 그것을 바라보던 이들이 느닷없이 이구동성으로 나에게 말을 건넸다.

"선생님은 학교를 안 보내준 아버님에게 감사해야 할 것 같아요."

"왜요?"

"선생님은 어렸을 때부터 남들이 받지 못할 영재교육을 아버님에게 받았잖아요."

"더덕, 곰취, 세신, 잔대를 비롯해서 산에 있는 나물이나 나무들을 모르는 게 없잖아요."

듣고 보니 그렇게 생각할 수도 있겠다. 세상의 일은 마음먹기 달린 것. 그때 받은 '영재교육'으로 답사 때마다 나는 사람들에게 산에 숨어 있는 보물 같은 이야기들을 풀어놓고 있으니, 알 수 없는 것이 세상의 이치라는 것을 모악산 마실길을 걸어가며 배우고 또 배웠다.

만식이에게 만식이의 안부를 묻다

•

사람들과 섬진강이 바라다보이는 산길을 두어 시간 걷다가 적당히 피곤한 몸으로 돌아와 요기를 한 뒤 자리를 흙집으로 옮겼다. 맑은 막걸리 두어 잔을 먹으니 얼근하게 취하였다. 전주에 오는 차를 얻어 타고 롯데백화점 부근에서 내려 약간은 취기가 남아 있는 채로 전주천을 건넜다. 징검다리 사이로 제법 씨알 굵은 피라미들이 무리지어 올라가고 문득 여울물 소리가 들려왔다.

강은 크다고 다 좋은 것이 아니다. '깊은 물은 멀리 흐른다'는 말이나 '깊은 물일수록 소리 없이 흐른다'는 말도 있듯, 강의 생명은 흐름이다. 그것도 소살소살 또는 졸졸 흐르면서 내는 여울물 소리가 있어야 강이 강답다. 강물은 모든 지류를 다 받아들여 화엄의 바다로 가는데 나는 얼마나 세상과 담을 쌓고 살았는가.

흐르는 강물 소리를 들으니 어느 지난 토요일에 일어난 일이 문득 떠올랐다. 이른 아침에 답사 안내 차 전주시청 부근에 갔을 때였다. 내가 타야 할 차는 보이지 않고 결혼식장에 가는 차만 줄지어 있었다. 차가 어디에 있을까? 하고 두리번거리는데 누군가 내 팔을 잡아서 보니 고모뻘 되는 분이었다. 고향 친구의 딸 결혼식에 가기 위해서 나왔다고 했다.

인사를 마치고 나자 누군가가 "너 정일이 아냐?" 해서 바라보니 백발의 노신사가 서 있었는데 아스라한 기억 속에 남은 친구의 형이었다. 그래서 반갑게 맞으며 "만식이는 어디에 살아요?" 하고 묻자 "아냐, 내가 만식이여" 하고 씁쓸한 미소를 짓는 것이었다. 어린 시절의 친구를 삼십여 년 만에 만나다 보니 얼굴마저 잊어버리고 만식이에게 만식이 안부를 묻는 결례를 범한 것이다. 살면서 얼마나 많은 것을 잊고 지내왔는가를 되짚어 보게 된 순간이었다.

과거는 과거로써 파묻어버려야 한다. 과거에 연연하고 그 불만과 슬픔으로 현실을 덮지 말라. 이미 톱질이 끝난 톱밥을 다시 톱질할 수는 없다. 과거는 톱밥과 같은 것이다. 이미 끝난 일을 근심하고 슬퍼하는 것은 톱밥을 다시 톱질하듯 소용없는 것이다.

프레드 푸라 쉐드의 말이다. 이미 지나가버린 과거는 그대로 묻어두고 현재에 충실하고자 하면서도 과거에 연연하여 갈피를 잡지 못해 허송세월하는 것은 많은 사람들이 하는 실수다. 앙드레 지드는 "과거의 행복은 완전히 잊어버려. 망각으로부터 새로운 창조는 시작되지"라고 말했고 '잊음으로써 기억한다'는 말도 있지 않은가? 과거는 안타깝지만 망각의 손에 맡기고 회한과 괴로움은 곧바로 지워버리는 것이 미래를 위해 더 나은 길일 것이다. 하지만 아무리 현재에 충실하자고 다짐하면서도, 되돌아갈 수 없는 과거와 미래에 대한 불안으로 잠을 설치는 것이 모든 사람들의 숙명이다.

흐르는 강은 억겁의 세월을 변함없이 흐르는데 나의 마음은 어디만큼에서 흐르지 못하고 머물러 그 자리를 맴돌고 있는가?

강물을 다시 바라보니 희뿌연 시월의 하늘 아래 내가 바라보는 이 순간에도 그리고 내가 떠난 뒤에도 쉬지 않고서 흐르고 흘러서 가는 것이 강물이다. 그러나 우리들은 강물과 달리 유한한 삶을 살기에 순간순간이 더 아쉬워 쉬이 흘려보내지 못하고 같은 자리를 맴돌게 되는지도 모르겠다.

한강 상류에 살고 있는 이장수 씨 내외

옛길이나 먼 여정을 시작할 때면 나는 먼저 내가 지날 곳의 지도를 구하여 표시를 하고, 한글학회에서 나온『한국지명총람』을 펼쳐본다.

한강 상류인 임계면 반천리 일대를 보면 "반천리의 노일 남쪽에는 산이 성처럼 높다고 하여 성북동이라는 마을이 있으며, 어전 서쪽에는 서낭당 옆에서 달을 바라보면 다락 위에서 달을 보는 것처럼 아름답다 하여 월루라는 마을이 있다.

하룻밤 묵어가게 된 느릅나무 가든의 주인어른이신 변상철(73세) 옹에게 이곳저곳 지명들을 물어보았다. "도둑골이 어디쯤에 있어요?" 하고 묻자 마을 쪽을 손으로 가리키며 "저그가 도둑골인디 도둑놈들이 망을 보다가 사람이 오면 뛰쳐나와 도둑질을 했다는 큰바위가 있어요. 바위가 하도 커서 이 집만이나 하지."

이 나라 이 땅을 돌아다니다가 보면 도덕동道德洞이나 도덕골이라는 지명이 수도 없이 많다. 내막을 모르는 사람들은 옛날에 도덕군자가 많이 살아서 그런 이름이 붙었을 것이라고 추측할지도 모른다. 하지만 정반대다. 대개 옛날에 도둑이 숨어 지내던 곳이라서 도둑골 또는 도둑동이라고 하다가 마을 사람들이 마을 이미지를 생각해서 개명했기 때문인 경우가 대부분이다.

이 지역의 지명에 다해서 이런 저런 이야기를 나누고 있자 주인의 사위인 이장수 씨가 대화에 끼어든다. "한강을 걸으면서 어떤 것을 느꼈어요?"하고 묻기에 강가의 환경이 가장 변화가 심한 것 같다고 하자 그가 체험한 환경에 대한 이야기를 풀어낸다.

요즘 환경 환경 하는데 사실 개판이에요. 동네사람들이 강가에다 염소를 매는 건 용납이 안 되고 상수원 보호구역 꼭대기에다 규석광산 허가를 내주는 건 괜찮대요. 가보세요. 산을 어마어마하게 마구 깎고 있어요. 엄청 많은 돌을 캐고 있죠. 설령 환경을 오염시키는 줄 모르고 허가를 내주었다고 하더라도 정선 사람들이 마시는 물이고 한강의 본류인데 지금이라도 그 광산개발을 중지해야 할 것 아닙니까? 비가 오면 그 물들이 어디로 흘러갑니까? 그 물이 한강으로 내려가지요. 그곳이 정선소수력발전소 바로 위에 있어요.

점점 더 열을 올리는 이장수 씨는 또 하나의 실례를 든다.

농민들도 그래요. 농약을 뿌리고 난 뒤에 농약통을 씻을 때 그냥 강으로 가서 씻어요. 그 물이 어디로 가겠어요. 옛날에는 상처가 나면 흙을 발랐잖아요. 그러면 큰 상처가 아닌 웬만한 상처면 다 나았어요. 퇴비를 많이 하기 때문에 흙에 미생물이 많이 살아서 그랬어요. 지금은 흙을 바르면 오히려 상처가 썩어요. 그리고 농약 치고 농약병을 그대로 밭두렁이나 논두렁에 내버려두는데 그것이 장마철에 어디로 가겠어요? 서울이나 인천으로 떠내려가요. 옛날에는 관솔로 불을 지

핀 다음에 작살로 고기를 잡았는데 지금은 고기가 없어서 잡을 수가 없어요. 레미콘 업체들이 강을 오염시켰기 때문이에요. 관공서가 똑같은 기준의 잣대를 두어야 하는데 저희들 마음대로 일을 처리하고 있으니 환경 정책도 나라 경제도 이 모양 이 꼴이지요.

이장수 씨는 이곳에서 잡은 민물고기를 서울에서 매운탕 집을 하는 누님댁에 보내주고 있다고 한다. 그에게 예전보다 고기가 많은지 물으니 "예전만 못해요, 예전엔 물 반 고기 반 그랬다는데, 지금은 그 고기들이 어디로 갔는지 별로 잡히지 않아요" 하며 안타까운 목소리를 낸다.

저녁을 먹은 뒤 어둠 내린 강변에 홀로 나가 흐르는 강물 소리를 들었다. 강 건너 산자락에서 누가 내 이름을 부르는 듯싶어 고개를 들면 어둠만이 나를 바라보고 있다.

니체는 '침묵하기가 어렵기 때문에 인간과 함께 사는 것은 어렵다'라고 말했고, 루소 역시 '사막에서 혼자 사는 것은 자기와 같은 사람들 사이에서 혼자 사는 것보다 어렵지 않다'라고 하며 사람들 속에서 느끼는 어려움을 토로했다. 나는 혼자 있음의 충만함을 좋아하는 사람이다. 혼자였다면 아마도 신선처럼 자연 속으로 들어가 강물소리를 들으며 마음을 쉬게 하였을 텐데, 많은 이야기를 들은 터라 여울져 흐르는 강물 소리에 마음이 더 없이 산란하기만 했다.

길에서 만나고 헤어지는 우리들의 운명

섬진강 답사길에 인연이 있어 곡성 태안사에서 하룻밤 묵었다. 태안사의 주지인 종대 스님으로부터 차 한 잔을 얻어 마시고 이야기를 나누다 밤이 깊어 잠자리에 들었다.

오랜만에 삼라만상을 깨우는 도량석을 치는 소리에 깨어나 새벽예불을 마친 뒤 다시 한숨 붙인 새벽잠의 감미로움도 잠시, 내리는 빗소리에 하룻길 여정이 약간 걱정스럽기도 했다. 비가 내린다고 또는 화창하다고 답사에 크게 영향을 주는 것이 아님에도 마음부터 달라지는 것은 아직도 잔잔하지 못한 내 마음 탓이리라.

내리는 봄비에 젖어 있는 적인선사 혜철 스님의 부도비를 만나고 다시 내려와 태안사 일주문 근처에 있는 부도밭에서 광자대사 윤다의 부도비와 함께 서 있는 종하 스님의 부도비를 보며 살아생전의 인연과 삶, 그리고 죽음에 대해 생각해보았다.

살면서 만나고 이야기를 나누었던 스님 중에 내가 이렇게 부도로 만나게 되는 최초의 스님은 종하 스님이다. 풍채가 좋고 혈색도 좋던 종하 스님과 인연을 맺고 이 절에 자주 오겠다고 한 지가 엊그제 같은데, 티베트에서 어느 신도가 가져온 '석청' 한 숟갈을 드시고 입적하셨다는 소식을 들은 것이 그새 몇 년 전이었다. 그 세월 속에 나는 이렇게 살아서 세상을 떠돌다가 이 절을 다시 찾고, 내게 귀한 말씀과 함께 찻잔을 건네주었던 종하 스님은 한 기의 부도로 남아 있다는 것이 얼마나 무상한가.

세상에 존재하는 일체의 생명 있는 것들은 결국 다 죽음으로 돌아간다. 수명이 비록 한량없다 하더라도 언젠가는 반드시 생명이 다할 날이 있다. 왕성한 것은 반드시 쇠락함이 있고, 만남에는 헤어짐이 있으며 젊음은 오래 머물지 않는다. 이 세상에 고정 불변한 것은 없으며 수명도 이와 같은 것이다.

『대반열반경』에 나오는 말처럼 우리 모두는 잠시 이 세상에 왔다 가는 길손일 것이다. 생각과 함께 떠오른 시편이 월명사月明師가 죽은 누이를 위해서 제를 올릴 때 부른 노래인 「제망매가祭亡妹歌」다.

생사 길은 이에 있으매
나는 간다는 말도 못다 이르고 가나잇고
어느 가지 이른 바람에 이에 저어 떨어질 잎처럼
한 가지에 나고 가는 곳 모르온저
아아, 미타찰(彌陀刹)에서 만날 나
도(道) 닦아 기다리겠노라

피었다 지는 꽃들 사이를 헤집고 다니는 벌 나비 같은 우리들 역시 결국은 모두가 돌아가는 노정에서 잠시 만났다 헤어지는 인연이 아닐까?

선생이 아니고 도반이다

이 세상에 넘쳐나는 사람이 '선생'이다. 어떤 상황이나 어떤 직업의 사람에게나 무난하게 어울려서 '동무'나 '씨'보다 더 많이 불리는 직함이다. 이 말이 국어사전에는 이렇게 실려 있다.

선생(先生)

① 학생을 가르치는 사람.

② 학예가 뛰어난 사람을 높여 이르는 말.

③ 성(姓)이나 직함 따위에 붙여 남을 높여 이르는 말.

④ 어떤 일에 경험이 많거나 잘 아는 사람을 비유적으로 이르는 말.

⑤ 자기보다 나이가 적은 남자 어른을 높여 이르는 말.

존경을 담아 부르는 호칭이기도 하지만 손윗사람이거나 그저 단순히 높여 이를 때에도 쓰므로 사용 범위가 꽤 폭넓은 말이라고 할 수 있다. 워낙에 쓰임이 흔하다보니 '샘' 혹은 '쌤'이라는 줄임말까지 널리 통용된 지 이미 오래다. 아마 언제가 될지는 모르나 장차 국어사전에도 새로이 등재될 말인 '샘'. 이 말을 듣다 보면 내 어린 날 '생원生員'이라는 말이 '새완'이라는 말로 변하여 그 말의 뜻을 알지도 못하고 조새완, 박새완이라고 불렀던 것이 새삼 떠오를 때가 있다.

살다보면 나도 얼떨결에 선생이라는 말로 불리는 경우가 많다. 선생처럼 부르기 편한 호칭이 달리 없기 때문이다. 이따금 '선생'이라는 호칭을 들을 때면 나는 내가 어떤 사람인지, 어떤 길을 다른 이보다 앞서 걸었는지에 대해 겸손한 마음으로 되짚어보게 된다.

나는 선생이 아니다.
다만 당신들이 길을 묻는 길동무일 뿐이다.
나는 갈 길을 가리켰다. 당신들의 갈 길과 마찬가지로
내 자신의 갈 길도.

G. B. 쇼의 『결혼하는 것』에 실린 글이다.

그런 의미에서 나는 어느새 이 세상에 공급 과잉이 되어버린 선생이 아니고 사람들의 길동무, 앞서거니 뒤서거니 걸어가는 즉 도반道伴일 뿐이라는 생각이 든다. 함께 가는 사람들에게 길을 묻고 가끔씩 내가 아는 길을 가르쳐주기도 하는 사람, 이 신새벽에 잠에서 깨어 어둠을 직시하다 일어나 불을 켜고 습관처럼 어둠을 향해 잃어버린 길을 묻는 도반일 뿐이다. 나의 길은 어디로 뻗어 있고 나와 함께 길을 가는 사람은 누구인가? 나와 가깝든 멀든 우리는 모두 함께 길을 걸어가며 서로에게 가르침을 주는 삶임을 알기에 서로를 선생이라 칭하는 것인지도 모르겠다.

길에서 만나는 사람들

•

길은 끝이 없구나.
강에 닿을 때는
다리가 있고 나룻배가 있다.
그리고 항구의 바닷가에 이르면
여객선이 있어서 바다 위를 가게 한다.

길은 막힌 데가 없구나.
가로막는 벽도 없고
하늘만이 푸르고 벗이고
하늘만이 길을 인도한다.
그러니
길은 영원하다.

천상병 시인의 「길」 전문이다.
차를 타고 가거나 혼자서 걷다가 보면 온갖 길이 눈에 들어온다. 어떤 길은 눈에 잠시 보이다가 사라지기도 하고 어떤 길은 제법 오랫동안 이리저리 이어지기도 한다. 세상에 놓인 길이나 인생길에서 만나게 되는 무수한 사람들이 우리에게 무슨 의미가 있을까? 워즈워스는 '군중과 함께 나아가며' 낯선 사람의 얼굴에서 신비를 보았다고 하였는데, 블레이크가 바라본 것은 다른 것이었다. "사유화된 거리를 방황하며 마주치는 모든 얼굴에서 간파했다. 나약의 낙인을, 근심의 낙인을."

지금의 나는 다르지만 젊은 날의 나는 사람들의 얼굴에서 나와 비슷한 슬픔과 고통을 읽어내고자 했고 그때마다 그것이 나의 것인 양 기뻐하기도 했다. 하지만 지금은 다르다. 무엇도 읽어내려 하지 않는다. 무심히 바라보는 눈과 마음, 그것을 늘 견지하려 한다. 하지만 습관 때문인지 가끔씩 옛 버릇이 나오는 것은 어쩔 수 없다.

다른 사람들과 어울려 이곳저곳을 돌아다닐 일이 생길 때면 나는 어떤 것을 보고 깨달을지 늘 궁금하면서도 설렌다.

우리는 무엇을 가지고 가는가

장안에 이동지라는 이름의 갑부가 있었다. 그 사람이 부귀장수하고 아들들을 많이 낳아서 사람들이 늘 상팔자라고 부러워하였다. 그는 원래 목구멍에 풀칠도 제대로 못하다가 자수성가하여 부자가 되었다. 그러므로 성질이 인색하고 괴팍하여 비록 형제간이나 아들들에게도 닳아 해진 부채 하나 주는 법이 없었다.

몸져눕게 되어 죽음이 임박하자 자신을 곰곰이 되돌아보니 세상만사가 모두 허사고 허망하다는 것을 느끼게 되었다. 오로지 한평생을 재財라는 한 글자에 얽매어 그 돈의 종이 되어 혹사했던 사실을 후회하게 된 것이다. 하지만 병석에서 생각해보아도 어쩔 도리가 없었다. 그는 여러 자식들을 머리맡에 불러들인 뒤 다음과 같이 유언을 남겼다.

내 평생 고생하여 재물을 모아 이렇게 부자가 되었다. 하지만 지금 황천길을 막 상 떠나는 마당에 백 가지로 생각해본들 단 한 가지 가져갈 도리가 없구나. 그래서 생각해보니 지난날 재물에 인색했던 일이 후회막급이다.

명정을 앞에 세우니 상여소리가 구슬프고, 공산에 낙엽지고 밤비 내리는, 쓸쓸한 무덤 속에서 비록 한 푼 쓸 돈도 없이 얼마나 처량하겠느냐. 그래도 어찌할 수 없으니 인생이 이렇게 무상한 줄 왜 진작 몰랐으며 또 진작 누군가가 인생의 무상함을 깨닫게 해주지 않았는지 원망스럽기만 하다.

내 그래서 유언을 하노니, 무슨 일이 있어도 꼭 지키도록 해라.

내가 죽어 염을 하고 입관할 때에 나의 두 손에는 악수(소렴 때 시체의 손을 싸는 헝겊)를 끼우지 말라. 다만 관의 양편에 구멍을 뚫고 내 좌우 두 손을 그 구멍 밖으로 내어 놓아라.

그래서 길 가는 많은 행인들로 하여금 내가 재물을 산같이 쌓아두고도 빈손으로 돌아간다는 것을 온 천하 사람들이 보도록 하여라.

『청구야담』에 실린 재담으로, '오물음'이라는 입담꾼이 어느 구두쇠 노인을 조롱하여 그의 앞에서 풀어놓은 이야기다.

저마다 돈을 많이 모으기 위해, 많이 모아 감추어두고 물려주기 위해 난리가 아니다. 그러다 보니 인생 말년에 가서야 좋은 호텔이나 휴양지를 찾아다니며 몇 년씩 호사를 부리기도 하고, 그러다 보면 인생이 허망하게 막을 내리고 만다.

돈은 돌고 돌기 때문에 돈이라고 했다는데, 어떤 사람들은 한 채도 못 가진 집을 몇 십 채씩 가진 사람들도 있다. 돈이 너무 많아 불의의 화를 당하는 사람도 더러 있고 대부분의 사람들은 자식들에게 물려주기 위해 난리가 아니다. 하지만 세상에 마음대로 되는 일이 어디 있는가? 대개 재산을 많이 남겨놓은 사람 치고 형제간이나 친척 간에 싸우지 않은 사람 없다. 그러나 세상에는 스스로의 거울에 비추어 부끄럽지 않게 사는 사람들이 더러 있다.

세계 최고의 갑부 빌 게이츠는 460억 달러의 재산 중 4600분의 1인 천만 달러만 세 자녀에게 남기고, 불평등이 심한 사회 각 부분에 자선사업으로 쓰겠다고 말했다.

아이들의 인생과 잠재력은 출생과 무관해야 한다.

이 얼마나 지당하면서도 어려운 말인가.

그뿐만이 아니다. 얼마 전 중국의 스타 성룡도 재산을 사회에 환원하겠다고 했다. 그때 기자가 물었다. "아들이 있는데 아들에게는 왜 상속해주지 않습니까?" 하니 성룡은 다음과 같이 답했다.

"아들이 능력이 있으면 재산이 없어도 스스로의 삶을 잘 개척해 나갈 것이고 능력이 없으면 내가 물려줘도 금세 없애지 않겠는가?"

재산, 학벌까지도 세습되고 있는 대한민국의 현실에서 그들의 말은 얼마나 신선한지.

문득 진나라 때 시인인 도연명의 시 「책자責子」에 '하늘의 운수가 참으로 이러할진대'라는 시 한 편이 생각났다.

백발은 양쪽 귀밑머리를 덮고, 피부도 이제는 탄탄하지 못하다. 내 비록 다섯 명의 아들을 두었으나, 하나같이 종이와 붓을 좋아하지 않는다. 큰아들 서(舒)는 열여섯 살이나 되었는데, 게으르기가 짝이 없다. 둘째아들 선(宣)은 열다섯 살이지만 학문에 뜻을 두지 않는다. 그다음 옹(雍)과 단(端)은 열세 살인데, 여섯과 일곱을 구별하지 못한다. 막내아들 통(通)은 아홉 살이 되었건만, 배와 밤을 찾을 뿐이다. 하늘의 운수가 참으로 이러할진대, 우선 술이나 들자.

쓸 만큼만 있으면 되는데, '쓸 만큼'이라는 것의 경계가 참으로 애매모호하다. 아무것도 없는 채로 혼자서 이 세상에 온 것처럼, 갈 때도 아무것도 가지고 가지 않고 혼자서 간다는 것을 너무 늦기 전에 깨달을 일이다. 그러나 인생이 무상하고 허무하다는 것을 깨닫기란 어려운 일이다. 우리는 얼마나 많은 재물을 손아귀에 남겨두고 떠날 것인가, 아니면 얼마나 많은 재물을 베풀고 떠날 것인가. 어차피 빈손으로 떠나야 함은 마찬가지인 것을.

큰 소리로 노래하며 세상을 걸었던 사람

저마다 홀로 태어나 자기만의 길을 가다가 돌아갈 때도 혼자서 돌아간다. 운이 좋으면 인생의 여정에서 몇 사람 마음을 터놓고 살다 가는 사람이 몇 명이 있지만, 운이 없으면 '세상에 이런 저런 사람들 많았지만 정작 내가 마음을 열 사람은 없었다'고 자조하며 쓸쓸하게 살다가 간다.

수많은 길목에서 수도 없이 만났다가 헤어졌던 사람들, 그중에 가슴 깊이 각인되어 세상의 마지막 순간에 떠오를 사람이 과연 있을까?

동시대에 태어나 수도 없이 만나고 대화하며 같이 먼 길을 걸었던 사람들도 있지만 인생에서 본받고 싶었던 사람들이 있다. 내가 본받고 싶은 사람은 스스로의 의지대로 세상을 자유롭게 살다가 간 사람이다.

나 무심자(無心者)의 말을 들어보라. 내 일찍이 해진 옷을 입고 야윈 말을 타고 하인도 없이 완주 서쪽 변두리에 살았다. 어느 날 얼음재[氷峙]에 오르니 때 마침 춘삼월 상순이었다. 복숭아꽃 오얏꽃이 성안에 가득 피었는데, 멀리 한 남자가 대지팡이 짚고 갈옷을 입고서 소리 높여 노래 부르며 느릿하게 걸어오는데, 그 머리가 눈처럼 희었다.

이 글을 지은 이기발은 병자호란 때 남한산성이 포위되자 의병을 일으켰던 문신이다. 전주에서 여생을 마친 그는 『서귀유고西歸遺稿』를 남겼는데, 그 속에 실린 「송경운전」의 한 구절이다. 이기발이 송경운에게 물었다.

"대지팡이를 짚었으니 늙었음이요, 갈옷을 입었으니 가난함이요, 말을 타지 않았으니 말이 없음인데, 큰 소리로 노래를 부르고 걸어가는 것은 무슨 까닭인가?"

이 물음에 송경운은 다음과 같이 대답했다.

"소인 나이 이제 70이요, 일찍이 소리를 즐긴 나머지 이제는 늙은 악사가 되었나이다. 늙은 악사로서 봄의 흥취를 타서 노래했을 뿐인데 이를 어찌 이상하게 여기시나이까. 어르신은 임금님을 가까이 모시다가 비단옷을 버리고 해진 옷을 입었음이며, 가마 대신 여윈 말을 타고 계시는 것이며, 많은 종들을 버리고 하인 하나 두지 않았음이며, 서울 거리를 버리고 시골 산길을 택하신 어르신이 오히려 이상할 따름입니다."

서울에서 태어난 송경운은 절도사의 하인이었다. 예능에 뛰어나 천민에서 벗어난 그는 정6품의 무직인 군공사과로 있었는데, 훤칠한 키에 얼굴도 호남이었다. 아홉 살 때부터 비파를 배워 열두 살에 신묘한 경지에 이르자 팔도에서 그를 모르는 사람이 없었다.

그가 사는 집은 그를 데려다가 비파소리를 듣고 싶어 하는 사람들로 문전성시를 이루었다. 장인들이 그의 장기를 자랑하고 있으면 "송경운의 비피 같지 않은가?"라는 말을 하는 사람들이 많았고, 아이들조차 같이 놀던 아이가 신기를 보이게 되면 '송경운의 비파 같다'고 할 정도로 세상에 이름을 날렸다.

정묘호란이 일어나자 그도 정처 없이 피난길을 떠났는데, 그가 머물러 살았던 곳이 바로 전주였다. 조촐한 집을 세를 얻어서 온갖 꽃과 괴석으로 집을 가꾸고 그 꽃길을 거닐면서 비파를 타는 것으로 인생의 낙을 삼았다. 그는 옛 노래를 제자들에게 가르치면서 남은 생을 보냈다. 그렇게 평생 동안 아프지 않고 살다가 73세에 힘이 다해 죽게 되자 다음과 같은 유언을 남겼다.

"내게 자식이 없으니 내가 죽으면 나를 아무 산 양지쪽에 묻어라. 묻으러 가는 길에 너희들이 내가 업으로 삼았던 것으로 나의 영혼을 기쁘게 해 주기를 바란다."

제자들은 스승의 유언대로 비파 합주에 맞추어 상여를 보냈다. 이기발은 「송경운전」을 다음과 같이 마무리했다.

자신의 재간으로 많은 사람을 기쁘게 할 수 있다는 것이 가히 다행한 일이라는 것을 일찍이 알았으며, 하잘 것 없는 기예로 많은 사람들 앞에 교만하지 않았던 사람이 송경운이었다.

인생의 길목에서 저마다 다른 길을 가는데, 이런 사람 몇 사람을 만나서 함께 걷고 싶은 것은 이룰 수 없는 꿈일까?

문득 백낙천의 「비파행琵琶行」의 몇 소절이 가슴을 후비고 지나갔다.

오늘밤 그대의 비파를 들으니,

내 귀는 물소리요. 내 마음은 달맞이라.

4 길이란 무엇인가

길을 떠나기 전의 시간

•

길을 떠나기 전, 막상 떠나는 시간이 하루 앞으로 닥치니 잠은 들지 않고 이리저리 뒤척이다가 불을 켜고 앉는다. 주위는 고요하다. 관동대로 1구간을 마치고 집으로 돌아올 때는 앞으로의 여정이 존재하지 않는 먼 시간의 일인 듯 잠시 한눈을 팔았던 것 같은데, 어느새 다시 떠날 시간이 된 것이다. 미지의 길 앞에 서서 내가 가야 할 길을 머릿속에 그려보는 시간. 우리가 걸어왔고 또 걸어가야 할 길이란 도대체 무엇일까?

다비드 르 브르통은 『걷기 예찬』에서 길을 걷는 행위에 대해 다음과 같이 서술한다.

길을 걷는 것은 때로 잊었던 기억을 다시 찾는 기회이기도 하다. 이리저리 걷다 보면 자신에 대하여 깊이 생각할 여유가 생기기 때문만이 아니라 걷는 것에 의해서 시간을 거슬러 올라가는 길이 트이고 추억들이 해방되기 때문이다. 이렇게 되면 걷는 것은 죽음, 향수, 슬픔과 그리 멀지 않다. 한 그루 나무, 집 한 채, 어떤 강이나 개울, 때로는 오솔길, 모퉁이에서 마주친 어떤 늙어버린 얼굴로 인하여 걸음은 잠들어 있던 시간을 깨워 일으킨다.

잠들어 있던 시간을 깨우기도 하고, 어떤 때는 레테의 강을 건넌 것처럼 말끔히 잊어버리게도 만드는 길, 그 길을 며칠씩 걷기 위해 떠날 준비를 하는 몇 시간 전, 그때마다 나는 숙연해진다. '잘 돌아올 수 있을까?' 하는 우려감만은 아닌 그 무엇이 내 정신의 발목을 잡고 놓아주지 않는다. 하지만 걱정하지는 않는다. 길은 곧 나의 운명이니까.

아무리 평평한 곳이라도 경사진 곳이 없을 수 없고, 어디를 가나 돌아오지 않음이 없다. [無平不陂 無往不復]

길은 언제나 그렇다. 그래서 나는 『그곳에 자꾸만 가고 싶다』의 서문에다 다음과 같은 글을 썼다.

언젠가 지금보다 더 자유롭게 떠나는 것이 허락된다면 남루하게 가진 것을 다 벗어놓고 떠나고 싶다. 아무것도 채우려 하지 말 것, 누구에게 더 이상 의존하지 말고 표표히 걸을 것, 맨발로 땅의 숨결을 느끼며 걸을 것, 그게 이루어질 수 있는 꿈일지 아닐지는 나도 모르는 일이지만 지금도 내일도 '내 의식의 맨 끝은 떠남과 돌아옴'이다.

가고 또 오는 이 세상에서 머물지 못한 채 가고 또 가는 나는 도대체 누구인가? 성철 스님의 말처럼 산은 산이고 물은 물이다. 움직이는 것 역시 우리 마음이고 사랑과 미움, 기쁨이나 슬픔도 우리 마음속에 있으며 기회도 우리 마음속에 있다.

앙드레 지드가 『지상의 양식』에서 "그대들의 눈에 비치는 사물들이 순간마다 새롭기를. 현자賢者란 바라보는 모든 것에 경탄하는 사람이다"라고 말한 바 있지 않은가. 여행을 떠나는 자는 경탄할 준비가 된 마음 하나만 가지고 가면 된다.

"길 위에서 만나는 고독에는 전혀 쓴맛이 배어 있지 않다"고 피에르 쌍소가 지금 그대의 등을 떠밀고 있지 않는가?

길을 가는 두 사람의 비유

두 사람이 어느 길을 따라 여행을 한다. 한 사람은 그 길이 천국으로 가는 길이라 믿고, 다른 사람은 그 길이 아무 곳으로도 통하지 않는다고 믿는다. 그러나 이 길밖에 없기 때문에 두 사람은 다 같이 그 길을 여행한다.

아무도 이 길에 와본 일이 없기 때문에 이 길 끝에 무엇이 있는지 확언할 수 없다. 여행을 하면서 그들은 기쁜 일도 만나고 슬픈 일도 만난다. 그러면서 한 사람은 그 길이 천국으로 가는 길이기 때문에 즐거운 일은 격려로 받아들이고, 슬픈 일은 마지막 목적지에 도착했을 때 그를 자격 있는 시민으로 만들기 위한 시련과 인내의 교훈으로 받아들인다.

그러나 다른 한 사람은 이렇게 믿지 않고 그의 여행을 목적 없는 방황으로 여긴다. 다른 선택의 여지가 없기 때문에 그는 좋은 일은 즐기고 나쁜 일은 솔직하게 슬퍼한다. 그러나 그는 천국을 믿지 않으며 그의 여행 전체에 대한 목적을 믿지 않는다. 다만 길이 있을 뿐이며, 좋은 날과 나쁜 날이 있을 뿐이다.

예전에 어느 곳에선가 읽은 글이다.

나는 전자처럼 살지 못하고 후자처럼 아무런 것을 기대하지 않고 수동적으로 살아왔는지도 모른다. 종교나 이념과 같은 어떠한 절대적인 신념이 없으면서도 그 무엇인가를 끊임없이 바라고 그리워하며 살았다. 대상이 무엇인지 혹은 누구인지도 모르는 막연함 속에서도 가끔 되돌아보면 바람에 떨어지는 꽃잎처럼 백 년도 안 되는 우리네 한 생애가 어찌 그리 가여워지는지. 그때마다 진晉나라의 사안석謝安石이라는 사람이 동진東晉의 고승 지둔支遁에게 보낸 편지글이 떠올랐다.

인생이란 마치 길손과 같아서 지난날의 풍류와 즐거웠던 일들이 모두 없어지고, 종일 적적하게 지내니 일마다 서글퍼지네. 만일 그대가 와서 나와 이야기를 나누어 이런 심정을 가시게 해준다면 하루 사는 것이 백 년을 사는 것 같겠네.

그래, 생각해보면 그 짧고도 무한한 시간 속에서 만나고 헤어지는 우리들의 인연은 얼마나 소중한가. 문득 그리운 사람이 찾아와서 회포를 풀면 적적하고 서글펐던 일이 마음속에서 가시고 한때나마 충만해진다.

하지만 살아 있는 것 자체가 고행인데 유한한 시간 속에서 아등바등하다 가는 그 정해진 운명을 어쩌겠는가. 쓸쓸하지만 쓸쓸하지 않은 체하며 살아가고, 헤매고 헤매다가 어느 순간에 느끼는 절망 속에서 괴로워하다 보면 그 속에서 싹트는 아스라한 희망을 만나고는 한다.

나는 습관처럼, 또는 운명처럼 그 길 위에 다시 섰고, 항상 그때그때 내 앞에 놓인 일에 충실하고자 했다. 매순간 최선을 다해 살았다고 단언할 수는 없지만 말이다. 다만 앞으로도 그러한 마음을 견지하고 살겠노라며 기회가 있을 때마다 각오를 다진다면 그 다짐이 일생의 고비마다 징검다리가 되어 우리 삶을 더 충만하게 만들어주지 않겠는가?

나의 방, 나의 피난처

•

예정에 없는 외출을 하고 밤 열한 시가 다 되어 집으로 돌아온 날. 불을 켜자 냉기가 밀려왔다. 며칠간 그 누구의 손길도 미치지 않은 집안은 떠나기 전의 모습 그대로다. 대개의 사람들은 익숙한 집안 풍경에 안락함을 느끼지만, 자주 비어 휑한 집안을 보면 때로 쓸쓸한 느낌이 들기도 한다. 어쨌거나 나는 다음날 아침 여섯 시 사십 분에 다시 길을 나서야 한다. 애시당초 잃어버릴 것이 별로 없는 집의 이점이란 이런 것이 아닐까? 집을 비워도 그다지 집에 집착하지 않는다는 것 말이다.

시골에 있는 자기 매부 댁에서 며칠간 머문 뒤에 돌아온 카프카에게 나는 인사를 했다.

"댁으로 돌아가셨군요."

카프카는 쓸쓸히 미소를 지었다.

"댁이라뇨? 나는 부모의 집에서 살고 있습니다. 그것뿐입니다. 물론 자그마한 내 방을 가지고 있긴 합니다. 이것은 내 집이 아니라, 점점 더 불안에 빠지기 위하여 내 마음속의 불안을 숨길 수 있는 한낱 피난처에 지나지 않습니다."

구스타프 야누흐의 『카프카와의 대화』에 실린 글이다.

카프카가 그의 집을 불안을 숨기기 위한 피난처 쯤으로 여겼다면 나는 나의 집, 내가 거처하는 이곳을 무엇이라고 여기며 살고 있을까. 가끔씩 내가 이 집에서 빨리 떠나고 싶은 욕망을 숨김없이 드러내는데도 나를 거부하지 않고 받아주는 집. 문득 고치령길에서 드러누웠던 낙엽 쌓인 길이며 기댄 내 몸을 아무런 전제조건 없이 받아주었던 나무가 떠오른다. 마음을 누인 듯 편안함을 주었던 '길 위의 집'이다.

도보길에 잠시 머물렀던 빈집이나, 마음을 부려놓고 쉬던 곳들도 모두 나의 집이 아니었을까? 진정한 집은 무엇인가? 알 수 없다. 분명한 것은 지금의 나는 이런저런 이유로 길에서 헤매는 길손이라는 것뿐이다.

고대인들 역시도 집에 대해 이와 비슷한 생각을 했다.

> 내 사랑하는, 만지면 아픈 아들아, 네 집이 이곳이 아님을 알고 이해하라.
> 네가 태어난 집(물리적 육체)은 둥지일 뿐이고 네가 도착한 여관은
> 이 세계로의 입구일 뿐이다. 이곳에서 너는 싹트고 꽃필 것이나
> 너의 진정한 집은 다른 곳이니라.

에스파니아의 신부인 '베르나디노 데 사아군Bemadino ds Sahagun'이 묘사한 아스텍 사람들의 세계관이다. 우리의 삶이 잠시 머물다 가는 여행자에 지나지 않음을 알고 가벼워지라는 충고일 것이다. 괴테도 『젊은 베르테르의 슬픔』에서 "나는 아무래도 이 세상에서 보잘 것 없는 여행자에 지나지 않는 듯하다. 너희들이라고 과연 그 이상일까?" 하며 말한 바 있듯이 말이다.

길은 처음부터 그곳에 있었다.

나에게로 가는 길이 나에게 있었다.

나에게로 가는 길이 너에게 있었다.

(중략)

나는 나에게로 돌아가고 있다.

이승에서의 갈림길은 여기부터 시작이다.

이제 이쯤에서 작별하자.

가까워질수록 멀어지는 것이 길이니

멀어질수록 가까워지는 것이 길이니

정일근 시인의 「갈림길」이라는 시의 전문이다. 멀어지고자 하면 더 그리워지는 사람처럼, 마음을 비우고자 하면 더 무거워지는 것처럼, 길은 걸을수록 걷는 사람을 향해 열리고 더 걸으라고 손짓한다. 사는 것이 버거울수록 길 위에서 망설이는 나날이 늘어가고 있다. 어디로 갔다가 어디로 돌아갈 것인가? 가도 가도 가야만 하는, 오늘도 내일도 모레도 헤매고 다닐 그 길은 내게 무엇이란 말인가?

삶이 곧 길이다

증자께서 말씀하시기를 "선비는 의연하고도 너그러워야 하나니, 맡은 바 책임은 무겁고 갈 길은 멀기만 하도다. 인(仁)으로써 자기의 책임을 삼았으니, 이 또한 중대한 일이 아니겠는가? 죽은 후에라야 이 길은 끝나는 것이니, 이 또한 멀고 먼 길이 아니겠는가?"

『논어』 태백에 실린 글이다.

살아가는 것 자체가 여행이듯이 죽음 또한 여행이다. "인생은 왕복차표를 발행하지는 않는다. 한 번 여행을 떠나면 다시는 돌아오지 않는다"라고 로맹 롤랑이 『매혹된 영혼』에서 말하였고, "인생은 여행이고 죽음은 그 종점이다"라고 영국의 시인 드라이든은 얘기하고 있다.

소설가 알베르 까뮈는 그의 스승 장 그르니에가 여행을 떠나기 전에 망설이고 있자 다음과 같이 말한다.

"긴 여행을 하고 싶을 때는 스스로에게 물어보아야만 합니다. '더 나쁜 어떤 일이 내게 일어날 수 있는가?' 그건 죽는 겁니다. '그러면?' 하고."

한참의 시간이 흐른 뒤 장 그르니에가 여행을 가지 않았다고 말하자 까뮈는 다음과 같이 말한다.

"아주 하고 싶은 일 이외에는 하지 말아야죠."

그렇게 말한 알베르 까뮈는 아이로니컬하게도 자동차 사고로 생을 마감했다. 그가 죽은 뒤 그의 주머니 속에선 몇 시간 뒤 파리에 도착하는 열차표가 있었다. 열차를 타고 가려고 표를 사둔 까뮈에게 친구가 자동차로 같이 가기를 원했고 그것이 결국 피할 수 없는 그의 운명이었던 것이다.

그렇지만 여행이건 어떤 것이건 우리 삶의 모든 것들을 예측할 수가 없기 때문에 여행을 두려워할 하등의 이유는 없다. 바그너는 "방랑과 변화를 사랑하는 것은 살아 있는 사람이라는 증거다"라고 하지 않았는가?

길을 걷다가 보니 길이 멀고, 그 길이 그렇게 알 수 없는 미로迷路라는 것을 알겠고, 결국은 그 길이 내 마음속 길이라는 것을 알겠다. 멀고도 먼 그 길은 가끔 영광의 시절일 때도 있지만 상처와 절망의 시절일 때도 있다. 아직도 가야 할 길이 내 앞에 열려 있다. 오로지 나만이 걸어갈 수밖에 없는 인생의 길, 내 마음속의 길이 펼쳐져 있다는 것은 얼마나 다행한 일인지, 그러면서도 두렵고 쓸쓸하다. 그 길을 어떻게 걸어갈 것인가?

신선의 낙은 무엇인가

항상 떠남과 돌아옴을 반복하는 생활이지만 돌이켜보면 그 떠남과 돌아옴이 항상 말처럼 쉬운 것은 아니었다. 먹고 자는 것도 그렇다. 예전에는 무전여행이라는 것도 있었고 지나가는 나그네에게 무척 관대해서 하룻밤 묵어가는 것이나 밥 한 끼 주는 것이 그리 어려운 일이 아니었다. 인간이 세상에서 타인에게 해줄 수 있는 보시 중 가장 큰 보시가 나그네에게 밥 한 끼나 도움을 주는 것이라고 하니 말이다. 하지만 오늘날 예전의 그 인심을 기대하는 것은 얼토당토않은 이야기가 되었다.

세상의 인심이 세월 따라 변하는 것인지, 오늘을 사는 현대인들은 사는 게 각박한 탓에 타인에게 별로 관심을 주지 않고 남을 도울 생각도 예전만큼 많이 하지 않는 듯하다. 낭만적인 여행이나 도보답사는 아예 사라진 지 오래고, 현금이나 카드라도 없으면 집을 나서서 어디로 간다는 것은 불가능한 일이 되고 말았다.

그런 면에서 조촐하게 짐을 꾸리고 마음만 먹으면 어디든 갈 수 있는 나의 처지는 크나큰 행운이다. 일이나 욕심에 얽매이지 않고 산천을 유람할 수 있다는 것은 예나 지금이나 쉬운 일이 아니다.

어떤 선비가 몹시 가난하여 쪼들린 나머지 밤이면 향을 피우고 하늘에 기도를 올리되 날이 갈수록 성의를 다하자, 하루 저녁에 갑자기 공중에서 소리가 들렸다.

"상제께서 너의 성의를 아시고 나로 하여금 너의 소원을 물어오게 하였다."

이 말을 듣고 선비가 답하기를 "제가 하고자 하는 바는 매우 작은 것이요, 감히 과도하게 바라는 것이 아닙니다. 이 인생은 의식(衣食)이나 조금 넉넉하여 산수 사이에 유유자적하다가 죽으면 만족하겠습니다"하였다.

그의 말을 들은 사자(使者)가 공중에서 크게 웃으면서 "그것은 천상계 신선들이 즐기는 낙인데 어찌 쉽게 얻을 수 있겠는가? 만일 부귀를 구한다면 가능할 것이다"라고 대답했다.

이 말이 결코 헛된 말이 아니다. 세상에 빈천(貧賤)한 사람은 굶주림과 한파(기한)에 울부짖고 부귀한 사람은 또 명리(名利)에 분주하여 종신토록 거기에 골몰한다. 알건대, 의식이 조금 넉넉하여 산수 사이에 유유자적하는 것은 참으로 인간의 극락이건만 하늘(천공)이 매우 아끼는 바이기에 사람이 가장 쉽게 얻을 수 없는 것이다. 비록 그러나 필문규두(蓽門圭竇, 사립문과 문 옆의 작은 출입구. 가난한 집을 뜻함)에 도시락 밥 한 그릇 먹고 표주박 물 한 잔 마시고서 고요히 방안에 앉아 천고의 어진 사람들을 벗으로 삼는다면 그 낙이 또한 어떠하겠는가? 어찌 반드시 낙이 산수 사이에만 있겠는가.

허균의 『한정록』 중 「금뢰자金罍子」에 실린 글이다.

신선의 낙까지는 아니더라도 인간이 누릴 수 있는 낙조차 누리기가 그리 쉽지만은 않다. 그러나 옛날과 조금 다른 점은, 마음만 먹으면 아무리 멀어도 몇 시간만에 아름다운 산천을 찾아 나설 수 있다는 것이다. 내일은 어느 곳에서 떠오르는 해를 볼 수 있을 것인가? 마음껏 상상하면서 말이다.

걷기에 중독된 사람

대부분의 사람들이 무엇인가에 심취해서 산다. 그것은 돈이나 권력 혹은 사랑이나 승리인 경우도 있다. 그렇게 심취해서 사는 것을 흔히 '중독되었다'고 표현하거나 심한 경우 '미쳤다'고 말한다. 농담조로 건네는 '저 미친놈' 하는 말은 괜찮지만 한심해하는 눈빛 또는 경멸하는 시선으로 '저 미친놈' 하면 그것을 받아들이는 사람은 웃어넘기기 어려울 것이다. 중독은 어떠한가? 술에, 도박에, 여행에, 컴퓨터 게임에 중독되어 살면서도 당사자는 그것을 중독이라고 표현할 만큼 심각한 상태로 여기지 않는다. 사회적으로 지탄 받는 마약이나 대마초 등에 중독되어 신세를 조지는 경우를 보면서 중독의 심각성을 실감할 뿐이다.

여행만 해도 그렇다. 자신이 중독되었다고 여기지 않더라도 스스로를 진단했을 때 잠시나마 떠나지 못하면 안달을 하는 것은 '여행 중독자'라고 보기에 충분하다. 그럼에도 나 같이 떠돌기를 좋아하는 사람들은 '여행은 중독이 아니다'라며 술이나 도박 등과 다른 여행의 유익함에 대해 떠들어대거나 '중독되었다고 생각하는 사람은 중독자가 아니다' 하며 강변을 늘어놓곤 한다.

그리고는 몸을 돌려 집을 향해 걷기 시작했다. 그는 이 순간 모든 사람과 모든 것으로부터 자기 자신을 가위로 도려낸 것만 같은 느낌이 들었다. 그가 자기 집에 돌아왔을 때는 이미 저녁 무렵이었다. 여섯 시간 동안이나 돌아다녔던 것이다. 어디로 해서 어떻게 돌아왔는지 그는 거의 아무것도 기억하지 못했다.

도스토예프스키의 『죄와 벌』에 실린 글이다. 어떤 때는 이처럼 아무 생각 없이 먼 길을 천천히 걸어가고 싶다.

장거리 도보답사에서 느끼는 고통이 만만치 않아서 때로는 한 걸음도 걷기가 싫을 때가 있고 여기저기 안 아픈 곳이 없어서 밤에 잠 한숨 이루지 못할 때도 있다. 그러나 아침이 되면 다시 걸을 힘이 솟고 길 위에 서고 싶게 만드는 것은 대체 무엇일까? 끊을 수 없는 장거리 걷기의 유혹!

나는 하루에 최소한 네 시간 동안, 대개는 그보다 더 오랫동안 일체의 근심걱정을 완전히 떨쳐버린 채 숲으로 산으로 들로 한가로이 걷지 않으면 건강과 온전한 정신을 유지하지 못한다고 믿는다. 나는 단 하루라도 밖에 나가지 않은 채 방구석에만 처박혀 지내면 녹이 슬어버리고 오후 네 시 – 그 하루를 구해내기에는 너무도 늦은 시간 – 가 훨씬 넘어서, 그러니까 벌써 밤의 그림자가 낮의 빛 속에 섞여들기 시작하는 시간에야 비로소 자리를 비울 수 있게 되면 고해성사가 필요한 죄라도 지은 기분이 된다. 솔직히 고백하거니와 나는 여러 주일, 여러 달, 아니 사실상 여러 해 동안 상점이나 사무실에 하루 종일 틀어박혀 지내는 내 이웃 사람들의 참을성, 혹은 정신적 무감각에 놀라지 않을 수 없다.

헨리 데이비드 소로의 「걷기」에 실린 글이다.

소로의 글에서도 드러나지만 '걷는' 행위가 우리에게 주는 것들이 너무도 많다. 걷기를 시작하면서 만나는 사물들이 내게 말을 걸어오고, 내가 나를 만나고, 사물들을 이해하는 경이를 체험하기도 한다. 그뿐인가. 실타래처럼 엉킨 여러 가지 생각들이 정리되고 세상에서 가장 어려운 사람과 사람 사이의 관계를 다시 긍정적으로 설정하는 계기가 되기도 한다. 그 몇 가지 사실만으로도 걷는다는 것이 얼마나 유익한가. 걸어볼 만하여 걷다가 세상이 얼마나 살아볼 만한가를 느끼게 된다면, 걷기에 중독되는 일이 그리 나쁘지만은 않다는 것을 깨닫게 된다.

이상적인 걷기란 몸과 마음과 세상이 조화를 이룬 상태이다. 애써서 대화에 성공한 세 사람처럼, 불현듯 화음을 이루는 세 음표처럼 삼위일체가 구현된 상태다. 걷기를 통해서 우리는 육체와 세상에 시달리지 않으면서 육체와 세상 속에 머물 수 있다. 걷기를 통해서 우리는 생각에 완전히 빠지지 않으면서 생각할 수 있다. (중략)

두 발로 걸으면 시간을 넘나드는 것이 훨씬 더 쉬워지는 것 같다. 마음은 계획에서 추억으로 추억에서 관찰로 정처 없이 거닌다.

걷기의 리듬은 사유의 리듬을 낳는다. 풍경 속을 지나는 움직임은 사유 속을 지나는 움직임을 반향하거나 자극한다. 내적 이동과 외적 이동이 기묘한 조화를 이룬다. 마음은 일종의 풍경이며 실제로 걷는 것은 마음속을 거니는 한 방법이다.

새롭게 떠오르는 생각이란 원래부터 거기 있던 풍경에서 나오는 것인지도 모르겠다. 사유란 창조하는 것이 아니라 여행하는 것인지도 모르니까.

『걷기의 역사』를 지은 레베카 솔닛의 말이다.

걷는다는 것은 여러 가지 장점을 지니고 있지만 본질적으로 가장 건강한 사유를 할 수 있으며 내가 나를 만날 수 있고 온갖 사물들과 소통할 수 있는 귀중한 시간이다.

걸어가면서 만나게 되는 모든 것들, 그것이 밝음이거나 어둠이거나 그 모든 것들이 저마다 살아 있음을 증명하면서 내 가슴을 비집고 달려오는 시간, 마음이 더 없이 팽창되기도 하고 서늘해지기도 하는, 그것이 걷기의 매력이 아닐까?

살아있다는 것은 끊임없이 새로운 길에서 다시 새로운 길로 접어드는 것이다. 길에서 우리는 길을 만나고 사람과 자연과 온갖 사물이 공존하는 한 세상을 만난다. 그치고 않고 길을 걸으며 본받을 것은 무엇인가? 구름인가? 바람인가? 아니면 유장하게 흐르고 흘러가는 강물인가? 아마도 그 모두일 것이다.

함께 걸었던 그 길을 회상하며

•

내 시험 삼아서 물어보겠네.

자네는 올 때 갓을 바르게 하고 옷매무새를 단정히 하며 허리띠를 매고 신발 끈을 묶은 뒤에 대문을 나섰네. 이 중 한 가지라도 갖추어지지 않았으면 당연히 대문을 나서려 하지 않았겠지. 또 자네는 길에 나아갈 때 반드시 궁벽진 데를 버리고 험한 데를 피하며 여러 사람들과 함께 다니는 데를 따랐지. 대저 이와 같은 것이 이른바 '알기 어렵지 않다'는 것이네. 그러나 어떤 사람이 가시밭길을 헤치고 논밭길을 가로지르다가 갓이 걸리고 신발이 찢어지며 자빠지고 헐떡이며 땀을 흘린다면 자네는 이 같은 사람을 어떻다고 생각하겠는가? 자네는 이렇게 답하겠지.

"이는 필시 길을 잃은 사람입니다."

그렇다면 내 또 묻겠네.

걸어가는 것은 똑같은데, 올바른 길로 나아가기도 하고 갈림길을 찾기도 하는 것은 어째서인가?

자네는 이렇게 답하겠지.

"이는 필시 지름길을 좋아하여 속히 가고자 하는 사람이요. 험한 길을 가면서

요행을 바라는 사람입니다. 그렇지 않으면 남이 가르쳐준 말을 잘못 들은 사람일 겁니다."

하지만 아닐세. 이는 길을 가다가 잘못에 빠진 것이 아니네. 대문을 나서기 전에 사심(私心)이 앞섰던 것이지. 내 또 묻겠네.

길이 진실로 저와 같이 중정(中正)하고 저와 같이 가야 마땅하건만, 자네가 발걸음에 맡겨 편안히 걷지 않는다면 어찌 그런 줄을 스스로 알 수 있겠는가? 그렇다면 가야 마땅할 바를 아는 것은 길에 달려 있다고 하겠는가? 아니면 발에 달려 있다고 하겠는가?

자네는 이렇게 답하겠지.

"진실로 아는 것은 마음에 달려 있고, 실제로 밟고 가는 것은 발에 달려 있습니다."

그렇다면 자네의 발 쓰는 법을 이제 내가 알겠네. 반드시 장차 발을 번갈아 들고 교대로 밟는 것을 '보(步)'라 하고, 발을 옮겼다가 멈추는 것을 '행(行)'이라 하지. 내 모르겠네만 밟는 곳은 확고하나 발을 드는 곳은 의지할 데가 없으며, 발을 옮길 때는 비록 전진하나 멈출 때에는 가지 못하네. 그렇다면 자네의 두 발에 장차 한 번은 허망(虛妄)함이 있는 셈이니, 진실로 알고 실제로 밟고 간다는 것이 어디에 있단 말인가?

박지원이 원도原道에 대해 임형오任亨五에게 답한 글로 『연암집』에 실린 글이다.

교통의 이기인 자동차가 일반화되기 이전에 스님들은 물론이거니와 일반인들도 대부분 깊은 산에 있는 암자나 절을 찾아갈 때 '후여 후여' 깊은 숨을 내쉬며 걸어갔었다. 한두 시간은 약과이고 한나절 내내 걸어야 닿는 절, 수많은 상념과 셀 수도 없이 많은 사물들과의 만남과 헤어짐의 시간을 지나야 닿는 그 절이 얼마나 오랜 그리움이었을까? 그곳뿐만이 아니다. 넓게 펼쳐진 악양벌판을 아래에 두고 넘었던 회남재, 고갯마루에서 청학동으로 가던 길은 오래도록 가슴에 품었던 기대감을 뛰어넘는 아름다운 길이었다.

하지만 그러한 그리움들이 지금은 거지반 사라졌다. 절 앞에까지 차로 가는 것이 일반화되었다. 박지원의 말처럼 '내가 가는 길이 바른 길인가, 아니면 지금도 헤매는 중인가?'는 아직 알 수 없지만, 그런 도중에 넘었던 고갯길의 추억은 오래도록 내 가슴에 남아 있을 것이다.

떠난다, 떠날 수 있다는 말

그의 삶에는 집착이 없어야 하므로 이 말을 좋아한다. 우리의 삶은 지금 가정과 이웃과 수많은 세속적 욕망에 대한 집착으로 일정한 모습으로 규격화되어가고 있는 것이다. 그 규격화된 삶 속에서 보면 자기 집착의 끈을 끊고 스스로를 해방시켜나가려는 나그네의 그것은 일종의 현대적 미아(迷兒)의 삶이 아니랄 수 없을 것이다. 아마도 나는 나 스스로에게서 너무도 그런 집착과 규격화된 삶의 증세들을 느끼기 때문에 오히려 그의 파행적 삶의 순간들을 동경하게 되는지도 모른다.

그리고 또 내가 이 말을 좋아하는 것은 그의 삶은 그러므로 오히려 외로운 모험일 수가 있기 때문이다. 그가 얻어 누리고 지켜온 것들을 버리고 떠날 수 있는 것은 어쩌면 그의 삶을 새롭게 다시 만나고자 하는 깊은 소망 때문일 수도 있을 것이다. 그것은 참으로 그의 삶에 대한 가장 허심탄회하고 용기 있는 구도(求道)의 모험이 아닐 수 없다.

소설가 이청준 선생의 「나그네, 내가 좋아하는 단 한마디의 말」이라는 산문의 일부분이다. 떠나는 것이 일상화되었고, 토요일이나 일요일이면

으레 답사로 일관하는 내가 어쩌다 일에 밀려서 꼼짝없이 집에 갇혀 있는 때가 있다. 햇살이 창문을 통해 거실에 작은 보자기만큼 드리우는 것을 보면 날은 맑고 화창한데 나가서는 안 되는 것이다. 그런 날에는 자꾸 바깥을 힐끗거리고 시계만 들여다보게 된다. 그럴수록 원고는 마무리와는 상관없는 먼 데를 저 혼자 쏘다닌다. '모두 다 어딜 나갔을 텐데 나만 이렇게 방구석에 앉아서 일과 씨름하고 있는 게 아닌가' 하는 생각에 방에 들어가 누워 라디오를 켜고 귀를 기울이다가, 그것도 성에 안 차면 TV를 켠다. 채널을 이리저리 돌려보아도 브라운관에 담긴 영상이 성에 찰 리 없다.

이것도 산천을 쏘다니며 하는 구도求道만큼이나 의미 있는 구도라고 해도 될까? 며칠간의 구도 생활을 마친 날에는 고삐 풀린 망아지처럼 곧장 이리저리 쏘다녀야 할 것 같다. 이청준 선생의 말처럼 이렇게 돌아다니다 보면 내가 찾고자 했던 진정한 나의 삶을 만날 수 있지 않을까?

정든 땅 정든 사람 헤어지자니 서러워

•

세상은 어느 때나 떠들썩하다. 마음이 산란하거나 마음 내려놓고 떠나야 할 때 장소는 그다지 중요하지 않다. 가장 중요한 것은 마음이 통하는 사람들과 함께 가는 것이다. "좋은 친구와 함께 가면 먼 길도 가볍게 느껴진다"는 말이 있지 않은가? 답사 때 가끔 나는 주자학을 창시한 주자朱子의 말을 건넨다. "견문이 넓은 사람일수록 안목이 좁은 사람을 본적이 없다." 바꿔 말한다면 견문이 좁은 사람 치고 안목이 넓은 사람이 없는 법이다. 그런 의미에서 길을 함께하는 도반이야말로 견문이 넓은 사람이고 서로의 견문을 넓혀주는 사람이니 더할 나위 없는 벗인 셈이다.

이틀이나 사흘을 돌아다니다 오는 시간이면 어떤 때는 마치 한 달이나 두 달 떠돌다 돌아온 나그네처럼 집이 낯설고 금세 헤어진 도반이 그립기만 하다. 만나는 시간이 있으면 헤어지는 시간이 있는 법인데도 헤어짐을 아쉬워하던 사람들.

나는 원풍(元豊) 3년 2월 1일, 황주(黃州)에 도착하였습니다. 그 당시 나의 집은 남도(南都)에 있었으므로 아들 매(邁)만 데리고 군(郡)에 오니 한 사람도 낯익은 사람이 없었습니다. 때때로 지팡이 짚고 강가로 가서 아득한 물안개를 바라보곤 했지요. 이런 곳에 그대 형제가 살고 있을 줄은 꿈에도 생각 못했습니다. 열흘 정도 지나서 점잖게 수염을 기른 사람이 나를 찾아왔는데, 알고 보니 그 사람이 그대의 동생 자변(子辯)이었습니다. 그는 반나절을 머물며 이야기를 나누고 나서 "한식날이 다가오니 차호(車湖)에 가봐야겠어요"라 하기에 나는 그를 강가에서 전송했습니다. 산들바람에 가랑비가 내리고 그가 탄 작은 배는 강을 빗겨 흘러갔지요. 나는 하오(夏隩) 자락의 높은 언덕으로 올라가 바라보다가 배가 무창(武昌)에 이르렀을 즈음에야 돌아왔습니다. 이때부터 오고가기를 지금까지 네 해가 지났으니, 서로 찾아다닌 것이 거의 백 번은 될 것입니다.

우리들은 이곳에 밭을 사서 함께 여생을 보내고자 했습니다. 그러나 끝내 이루지 못하다가 이제 갑자기 여주(汝州)로 발령을 받았으니, 이곳을 떠나게 되면 장차 언제 다시 돌아올는지 기약할 수가 없습니다.

정든 땅 정든 사람 헤어지자니 서러워, 서글픈 마음. 이길 길이 없습니다. 불자(佛子)들이 같은 뽕나무 아래에서 사흘을 묵지 않음은 바로 이런 일이 생길까 두려워서일 것입니다.

소동파의 「왕문보王文甫와 헤어지며」라는 글이다.

뽕나무 아래서 사흘을 머물면 정이 깊어져 헤어지기가 어렵던 시절이 있었는가보다. 요즘은 만나는 것도 쉽지만 헤어지는 것은 더더욱 쉽게 여기는 세상이다. 그래도 여전히 사람이 사람과 헤어짐을 싫어하는 것은 그만큼 사람에 대한 정이 남아 있기 때문일까 아니면 그만큼 우리의 고독과 외로움이 깊어졌기 때문일까?

도반을 자신을 이끄는 스승으로 여기지 않는 경우도 있는 듯하다.

길을 걸을 때 나는 견딜 수 없는 위인(爲人)이 된다. 나 자신에게나 남들에게나 다 같이 까다롭다. 떠날 때는 매번 친구들과 함께 떠나지만 돌아올 때는 원수들과 돌아오는 것이다. 어떤 사람과 열흘 동안 함께 걷는다는 것은 그와 함께 십 년 동안 사는 것과 마찬가지다. 길을 걷다 보면 그의 허물들뿐만이 아니라 장점들까지도 퀵모션으로 행진한다. 나는 피곤도 실망도 다리를 저는 것도 용납하지 못한다. 같이 가는 사람이 뒤처져서 못 따라오는 것을 참지 못한다. 멈추어 서는 것도 기다리는 것도 못 참는다. 그들을 위해서 할 수 없는 일이고 나를 위해서 할 수 없는 일이다. 나를 좋아하는 사람이거든 부디 나를 따르라.

자끄 란즈만의 『걷기에 미쳐서』라는 책 속의 글이다.

수많은 도보답사길에서 서로 싸운 사람처럼, 무심하게 무소의 뿔처럼 혼자서 갔던 경우는 있었다. 하지만 누구를 용납하지 못하거나 미워해서 원수가 되어 돌아온 적은 다행히 한 번도 없었다. 그것은 어쩌면 내가 동행했던 도반들에게 너무 무심했거나 아니면 그들이 나에게 너무 잘해주었거나 둘 중의 하나일 것이다.

가을 햇살에 빛나던 청도 반시와 아직 푸른 대추나무 잎새에 숨어 있던 청도 대추, 아침의 운문댐을 감돌던 구름이 문득 그립다.

두고 온 설운 마음의 귀퉁이

•

가끔씩 답사 중에 무엇인가를 잃어버리고 올 때가 있다. 중요한 물건은 아니어서 되찾아오지도 못하고 그렇다고 두고 온 곳에 전화도 하지 못해서 그렇게 흘려보내고 나면 가슴 한 귀퉁이에 남아서 불쑥불쑥 생각이 난다. 자주 묵는 모텔에서는 더더욱 조심하지만, 그럼에도 가끔씩 물건을 두고 온다. 그때마다 느끼는 자책과 서글픔. 오랫동안을 나그네로 떠돌면서 물건 하나를 제대로 간수하지 못하는가 하는 생각이 들다가도 이내 떨쳐버리곤 한다. 그 물건이 가면 또 다른 물건이 나를 찾아오겠지 하면서 말이다. 하지만 두고 온 물건이 아까운 것이 아님에도 그곳에 남겨진 내 흔적이나 일부에 대한 미련과 서글픔은 한참동안 남아 있다.

시인 김수영도 시골의 광산촌에 갈색의 낙타모자를 두고 와 오랫동안 아쉬워하다가 「시골 선물」이라는 시를 썼다.

그러할 때마다 잃어버려서 아깝지 않은 잃어버리고 온 모자 생각이 불현듯이 난다. (중략) 나는 나의 모자와 함께 나의 마음의 한 귀퉁이를 모자 속에 놓고 온 것이라고, 설운 마음의 한 모퉁이를.

살아가면서, 아니 여행을 하면서 잃어버려 설운 것이 어디 모자뿐이랴. 떠나온 곳에 대한 미련도 마음을 서글프게 하기로는 물건 못지않다. 그래서 헤르만 헤세도 『그림책』에 다음과 같은 글을 남겼다.

방랑자는 인간이 즐길 수 있는 최고의 향락을 누리는 사람이다. 기쁨이란 한때뿐이란 걸 머리로 알고 있을 뿐 아니라 직접 맛볼 수 있기 때문이다.

방랑자는 잃어버린 것에 연연하지 않으며, 한때 좋았던 장소에 뿌리를 내리려 안달하지 않는다. 해마다 같은 장소에 가는 여행객들도 많다. 아름다운 풍경을 보면 꼭 다시 오겠다고 다짐하지 않고서는 다시 발길을 돌리지 못하는 사람들도 많다. 이들은 선량한 사람들일지는 몰라도 훌륭한 방랑자는 아니다. 그들에게 사랑하는 사람들의 맹목적인 도취나 보리수꽃을 꺾는 여자의 수집 욕구는 있을지 몰라도, 고요하고 심각하면서도 즐거운, 언제라도 손 흔들어 작별을 고하는 방랑자의 마음은 담겨 있지 않다.

방랑은 말 그대로 어디든 가면서도 어느 한 곳에 연연하지 않는 것이다. 다만 잊지 말자는 마음속의 다짐이면 족하다. 그런 의미에서 "모든 기억을 잘 간직해. 왜냐하면 기억은 다시 체험할 수 있지만 잃어버린 시간은 되찾을 수 없으니까"라는 밥 딜런의 말은 의미심장하다.

어느 길목에서 잃어버리고 다시는 찾을 수 없는 사람도 있고, 그토록 그리워했던 것이 하늘에 뜬 흰 구름처럼 사라져버린 경우도 얼마나 많은가? 이래저래 기쁨보다는 설움과 슬픔만 가슴 가득 밀려오는 시절이다. 내 설운 마음의 한 귀퉁이는 어딘가에서 나를 추억하고 있을까?

불멸과 혼돈의 시대에 새로운 길 찾기

어느 시대건 모든 사람이 진정으로 행복하다고 느꼈던 시대가 있었을까? 요순시대에도 불평등은 존재했을 것이고 사회에 불평과 불만이 항상 얼마만큼은 내재해 있었을 것이다. 인류가 시작된 이래 모든 순간은 오늘의 이 시대처럼 분열과 혼돈의 시대였을 것이다

독일의 철학자인 니체는 『권력에의 의지』 제3권 '유럽의 니힐리즘의 역사'의 서두에서 다음과 같이 말한다.

나의 벗이여, 우리 모두가 젊었던 시절 그때 우리는 괴로웠었다. 마치 위독한 병처럼 우리는 우리들의 청춘 그것을 앓고 있었다. 우리들이 뛰어든 그 시대는 모두가 그러하였다. 크나큰 내면적 퇴폐 그리고 분열의 시대였다. 그것이 모든 나약함을 가지고 그러나 또한 가장 억센 힘을 가지고 젊은 영혼을 뒤흔들고 있었다.

분열 그리고 불확실성이 그 시대의 특징이었다.

이제 아무것도 꿋꿋한 다리 위, 자기 자신의 굳은 신념 위에 서 있는 것이라곤 없다. 사람들은 내일만을 위해서 살아간다.

그 다음날의 일들은 없는 것이었기에 이렇게 우리들이 서 있는 길 위에서는 모든 것이 미끄럽고 모든 것이 위험스럽다.

더구나 우리가 디디고선 이 얼음장마저 너무도 엷어져 가고 있을 뿐인데…….

지금 이 시간도 지나고 나면 고금古今이 되지만 예나 지금이나 분열의 시대이고 혼돈의 시대가 아닌 적이 없는 듯하다. 다음의 글은 D. H. 로렌스의『채털리 부인의 사랑』에 실린 글이다

우리들의 시대는 본질적으로 비극적인 시대이다. 그래서 우리는 그것을 비극적으로 받아들이는 것을 거부하고 있다. 큰 변화가 일어났다.

우리는 조그마한 집을 짓기 위해 새로운 일을 시작하고 조그만 희망을 가지려 하고 있다. 그것은 약간 어려운 일이다. 미래로 통하는 탄탄한 길은 지금은 없다. 그러나 우리는 장애물이 있으면 길을 돌아가거나 뛰어넘거나 한다.

우리는 살지 않으면 안 된다. 아무리 많은 하늘이 뒤덮여간다고 할지라도…….

지금 우리들의 시대는 어둡기 그지없다. 그러나 "위기는 기회"라는 말이나 "곤란의 한복판에 기회가 도사리고 있다"라는 아인슈타인의 말처럼, 길은 어디로든 나 있을 것이다. 그리고 그 새로운 길은 언제나 바로 우리 앞에 있다.

길을 잃어야 제대로 된 길을 찾는다

오랜만에 대전의 계족산성에 올랐다. 멀리 대청댐과 눈 아래 펼쳐진 신탄진이 보이고 그 아래를 금강이 흐르고 있었다. 두 번째 금강을 걸을 때 신탄진 건너 산자락을 걸어갔던 시절이 벌써 몇 해 전 일이다. 금강의 벼리길 같은 그 길은 그대로 있을까? 궁금한 마음으로 찾아가니 길은 전과 같이 이어지고 있었다. 이곳을 지나던 당시의 상황이 『금강 따라 짚어가는 우리 역사』에는 다음과 같이 실려 있다.

강 쪽으로 나가는 길에 문화재조사연구단 입구를 지나며 네 개의 장승이 떡 버티고 서서 수문장 역할을 하고 있는 풍경을 만나고 저 멀리서 경부선 열차가 지나가는 소리 들린다. 지나는 마을 주민의 말에 의하면 저 산에는 절대로 길이 없을 것이라고 하지만 낙담할 필요는 없다. 과연 길이 있을까? 없을까? 두려워 말고 가자. 길은 잃을수록 좋다. 소나무숲과 들머리에 게시판 하나가 서 있다. – 이곳에 쓰레기를 버리면 과태료 1백만 원에 처하겠습니다. 연기군수 백 – 그러나 그 말을 비웃기라도 하듯 그 밑에는 각종 쓰레기들이 산더미처럼 쌓여 있다. 오늘날 쓰레기건 뭐건 과태료 무서워 버리지 못하는 사람이 어디 있기나 한가. 강 건너

신탄진에는 '새여울마을'이라고 쓰인 아파트 단지가 줄지어 서 있고 그 신탄진은 가을 햇살 속에 평화롭기 이를 데 없다. (중략)

리기다소나무가 보기 드물게 쭉쭉 뻗어 있는 솔밭 길을 따라 가니 오래 전에 내걸은 듯한 '입산금지'라는 플래카드가 있다. 입산금지를 거꾸로 읽으면 지금 산에 들어가라는 말이 되니 우리들은 들어갈 수밖에 없다 하며 걸음을 옮겼다. 본래 길이 있던 곳이라 그런지 산길이 뚜렷하다. 길을 잃어도 괜찮다고 여기며 걸어간 그 길은 안 갔더라면 서운했을 만큼 고적하고 쓸쓸하게 아름다웠다.

"컴퓨터가 시키는 대로만 하다 보면 되는 것이 없어, 오히려 감으로 하는 컴퓨터가 더 맞는 것 같아요"라는 채성석 씨의 말처럼, 마을 주민의 말을 찰떡같이 믿었더라면 이 길을 어떻게 만날 수 있었을까? 깎아지른 절벽 끄트머리에 이렇게 아름답고 소담한 길을 만들었던 옛사람들은 누구였을까?

금강 기행에서 이렇게 호젓하고 예스러운 길을 어디 가서 만날 수 있을까? 문득 바라보면 발아래로 강이 흐르고 모퉁이를 돌아가자 골짜기에 이른다. 나무다리를 건너니 굿당이 보인다. 이렇게 도시 근교의 산속에 굿당이 숨어 있다는 것 또한 어느 누가 알기나 하랴. 그러나 언제쯤부터였는지 한 채의 집은 허물어져가는 중이다. 잡목 우거진 두어 굽이를 휘어 돌자 경부선 열차와 국도가 지나는 노상에 이른다.

신탄진 저 건너에 노산나루(신탄진나루)가 있고 그 나루를 건너 수많은 사연을 지닌 사람들이 발길을 옮겨갔으리라. 나루터도 나룻배도 사라진 신탄진에는 한국타이어, 쌍용 등 수많은 공장들이 들어서 있다.

길이 없을 것이라고 하는데도 기어이 되돌아올 것을 각오하고 갔던 길, 아름답고 고적한 길을 찾았으니 망정이지 못 찾았더라면 어둠 속에서 헤매다가 돌아왔으리라.

인생을 살아가면서 사람들은 수 없이 길을 잃고 헤맨다. 그래서 단테는 『신곡』 서두에서 "인생의 나그네 길, 반 고비에서 눈을 떠보니 나는 어느새 길을 벗어나 캄캄한 숲속을 헤매고 있었네" 하며 얘기의 실마리를 풀어간다.

다비드 르 브르통의 『걷기 예찬』에도 다음과 같은 글이 나온다.

타향에서 온 나그네는 바로 길을 묻는 사람이며, 장소의 이름을 묻는 사람이다. 길 가는 사람에게 가장 중요한 것은 수수께끼 같은 수많은 장소들 속에서 어디가 어디인지를 분간하는 일, 지도나 풍경들의 색깔과 선(線)들 속에서 자신이 서 있는 현재 위치를 헤아리는 일이고, 지금까지 걸어온 길과 앞으로 가야 할 길을 눈대중의 척도에 따라 계산해서 앞으로 얼마나 더 많은 노력을 들여야 할지를 예측하는 일이다.

세계를 인식한다는 것은 그 세계에 어떤 의미를 부여하는 것, 다시 말해서 그 세계를 명명하는 것이다. 도보 여행자는 아직 어느 것 하나 그 정확한 좌표가 정해져 있지 않은 사람의 차원 속에서 길을 가는 사람이다. 그 차원 속에서 그가 더 들어가는 장소들은 한결같이 미지의 장소들이며, 마치 미완성 상태에 있는 것만 같은 장소들이다.

우리나라 말에 '알아야 면장이다'라는 말이 있다. 알지 못하면 묻지 않을 수 없다. 왜냐하면, 타향에서 지리를 모르면 헤매기 때문이다.

막스 뮐러의 『독일인의 사랑』 '일곱 번째 회상' 중에도 다음과 같은 구절이 나온다.

누구든 한번 길도 모르는 산속을 밤새도록 혼자 헤매어보라. 그럼 우리의 눈은 비상하게 민감해지고, 도저히 알아볼 수 없는 먼 곳의 형체까지 우리의 시야에 들어온다. 우리의 귀는 병적으로 긴장하여 어디서 들려오는지도 모를 잡다한 소리를 알아듣는다. 그리고 발은 바위 새에 불거져나온 나무뿌리에 채이거나 폭포의 비말(飛沫)로 적셔진 미끄러운 길에 곤두박질친다. 그리고 가슴에 남아 있는 것은 위안 받을 길 없는 황량함뿐, 우리를 따스하게 해줄 기억도, 매달릴 희망도 없다. 한번 그런 산행을 시도해보라. 그러면 당신은 차가운 밤의 전율을 안팎으로 느낄 것이다.

길을 잃어야 길이 보인다. 나는 될 수 있는 대로 길을 잃으려고 한다. 길은 잃을수록 좋다. 혼돈의 시절에서 헤매고 난 뒤에야 제대로 된 길을 찾을 수 있기 때문이다.

바람은 도대체 어떤 소리를 낼까

바람이 부는 언덕에 서 있으면 바람의 소리를 들을 수 있다. 윙윙, 우우……. 온갖 소리로 다가오지만 만질 수 없고 보이지도 않는 바람.

사람들은 살아가면서 이런저런 바람을 맞는다. 그 바람을 어떤 사람은 피해가기도 하고 어떤 사람은 센 바람을 직격탄으로 맞아 부러지기도 하며, 어떤 사람은 재기불능이 되기도 한다. 그런가하면 봄바람처럼 살며시 다가오는 바람도 있다. 또 오랫동안 머무르기도 하고 어떤 때는 오자마자 금세 도망치기도 한다.

초나라 때의 철학자인 남곽자기南郭子綦라는 사람은 바람을 장자의 '제물론'을 가지고 다음과 같이 바꾸어 실었다.

우리들이 바람이라고 하는 것, 그것은 사실은 대지가 내쉬는 숨소리이다. 일어나지 않으면 괜찮지만 일단 숨소리가 나오게 되면 모든 구멍들이 노한 듯이 울부짖는다. 그 어느 누구도 그런 와르릉거리는 소리를 들어보았을 리가 없다.

산속의 수풀이 흔들리고, 백 아름이나 되는 큰 나무에 패어 있는 구멍, 코를 닮았고, 입을 닮았고, 귀를 닮았고, 쪼구미를 닮았고, 술잔을 닮았고, 절구를 닮았고, 깊이 패인 연못을 닮았고, 넓은 웅덩이를 닮았지. 그 부는 바람을 맞게 되면 물이 격렬하게 쾅쾅거리는 소리, 화살이 허공을 가르는 소리, 꾸짖는 소리, 숨 쉬는 소리, 부르짖는 소리, 소리 높여 우는 소리, 깊은 굴속에서 불이 나오는 듯한 소리, 새가 지저귀는 듯한 소리…….

앞의 것이 우우 하고 부르면 뒤따르는 소리가 우우 하며 답하지,

가볍게 부는 바람은 작게 화답하고

거세게 부는 바람은 크게 화답하지.

거센 바람이 한번 스쳐 지나간 후에는 모든 구멍들이 텅 비어 소리가 없게 되지. 자네 혼자만 저 나무들이 휘청휘청 크게 흔들리고 나무 끝이 한들한들 가볍게 살랑거리는 것을 보지 못했는가?

이렇게 한들한들, 살랑살랑 아니면 우우 휘몰아치는 바람을 맞으며 한평생 살아가는 것이 인간의 숙명이자 즐거움인 동시에 괴로움일 것이다.

장소에 따라 때에 따라 다른 소리로 사람들의 마음을 사로잡는 '바람'을 두고, 소로는 다음과 같은 글을 남겼다.

대기 속에는 바람에 울리는 자명금 같은 미묘한 음악이 가득하다. 허공의 저 높은 곳을 덮고 있는 아득한 궁륭 밑에서는 선율이 아름다운 피리 소리가 울린다. 하늘 높은 곳으로부터 우리들의 귓가로 와서 스러지는 음악이다. 마치 대자연에도 어떤 성격이 있고 지능이 있다는 듯 소리 하나하나가 깊은 명상을 통해서 생겨가는 것 같다. 내 가슴은 나무들 속에서 수런거리는 바람 소리에 전율한다. 어제까지만 해도 지리멸렬한 삶에 지쳐 있던 내가 돌연 그 소리들을 통해서 내 힘과 정신성을 발견하는 것이다. 여러 가지 소리들이 침묵의 한가운데로 흐르지만 그

침묵의 배열과 질서를 어지럽히지 않는다. 오히려 때로는 그 소리들이 침묵의 존재를 드러내주고 처음에는 알아차리지 못했던 어떤 장소의 청각적 질감에 주의를 기울이게 만들어준다. 침묵은 감각의 한 양식이며 개인을 사로잡는 어떤 감정이다.

바람을 맞는 것을 즐거움과 기쁨이라 여기며 살아갈 때가 있고, 어떤 때는 고난의 시절이라고 여기며 살아갈 때도 있다. 지금도 들리는 바람 부는 소리!

집 나오면 즐겁고 집에 들면 시름이라

•

집 나오면 고생이라는 옛말이 있다. 그러나 어떤 이들에게는 그 말이 반대로 통한다. 우리땅걷기 도반들이 집 나와서 차에 타면 손뼉을 치며 외치는 구호가 "집 나와서 잘했네"이다.

나 역시 그렇다. 이틀이나 사흘만 꼬박 집에 들어앉아 있어도 뭔가 하지 못한 일이 있는 것 같고 온몸이 근질근질하다. 그것은 이미 몸이 집보다 산천山川에 더 익숙해졌기 때문이리라.

맑은 공기, 시원한 바람이 말 그대로 보약이라서 그랬던지, 노래하는 음유시인이었던 김광석은 "아참, 바람이 좋다. 아참, 햇살이 좋다"라고 노래했고, "바람이 불어오는 곳" "햇살이 반짝이는 곳" "나뭇잎이 손짓하는 곳" "그곳으로 가요"라고 노래했는지도 모른다.

"집 나오면 고생이다"라는 옛말과 같이 내 마음 속에 가장 포근한 곳이 집이라고 여기면서도 항상 벗어나고자 하는 집. 그 집이 버거운 것은 현대인들만은 아니었던가 보다.

집 나오면 즐겁고

집에 들면 시름이라.

미친 노래 곤드레로

사십 년을 보내었네.

추사 김정희의 제자로 역관(통역관)이었던 이상적李尙迪의 시 몇 소절이다. 그는 스승인 추사가 유배생활을 하는 것을 안타깝게 여겨 중국에 가면 아무리 값비싼 것(책이나 벼루, 먹)이라도 사가지고 제주로 보냈다. 추사는 이상적의 변함없는 의리를 소나무와 잣나무의 지조에 비유하여 세한도歲寒圖라는 길이 남을 작품을 그려 보냈다.

세한도는 추사가 제주에서 유배생활을 할 당시 남긴 것으로, 극도로 절제된 소재와 구도 속에 단색조의 수묵과 마른 붓질의 필획만으로 그려낸 작품이다. 인위적인 기교를 배척한 선비들의 정신을 화폭에 담아낸 명작으로 꼽힌다.

추사와 제자의 이야기처럼, 세상이라는 길을 걸어가다가 우연인 듯 필연인 듯 좋은 인연들을 만나 도란도란 얘기를 나누며 함께 걸어가는 것이 세상사는 재미 중 한 가지일 것이다.

꿈속에서 꿈을 꾸다

●

이틀 동안의 답사를 마치고 돌아온 날이었다. 자리에 누웠지만 잠이 쉬이 들지 않아 이런저런 생각에 잠겼다. 흔들리는 차 속에서 눈꺼풀을 덮던 잠은 어디로 갔는지. 일어나 『열하일기』 중 '막북행정록'을 펼쳐 읽었고 그러다가 어느새 잠이 들었다. 그리고 분명치 않은 뒤죽박죽의 꿈을 꾸었다.

나 역시 졸음을 이길 수 없어, 눈시울이 구름장처럼 무겁고 하품이 조수 밀리듯 한다. 혹시 눈을 뻔히 뜨고 물건을 보나 벌써 이상한 꿈에 잠겼고, 혹은 남더러 말에서 떨어질라 일깨워주면서도 내 자신은 안장에서 기울어지고는 한다. 포근포근 잠이 엉기고 아롱아롱 꿈이 짙을 때는 지극한 낙이 그 사이에 스며 있는 듯도 하였다. 그리하여 때로는 몸이 날씬해지고, 두뇌가 영리해져서, 그 견줄 곳 없는 묘한 격치야말로 취리(醉裏)의 건곤이요, 몽중(夢中)의 산하였다. 또 때는 가을 매미 소리가 가느다란 실오리를 뽑고, 태공에 흩어진 꽃봉오리가 어지러이 떨어지며, 그 아늑한 도교(道敎)의 내관(內觀: 默想)과 같고, 놀라서 깰 때는 선가(仙家)의 돈오(頓悟)와 다름없었다.

팔십일난(八十一難, 중생이 도를 통하기에 여든 한 가지의 장애가 있다는 말)이 삽시에 지나가고, 사백사병(四百四病, 『유마경』에 나오는 말로 지(地), 수(水), 화(火), 풍(風)이 각기 일백 한 가지의 병이 있다는 말)이 잠깐에 지나간다. 이런 때는 비록 추녀가 몇 자가 넘는 화려한 고대광실에 석자를 괸 큰 상을 받고 예쁜 계집 수백 명이 모시고 있는 즐거움이나, 두껍지도 얇지도 않은 이불을 덮고, 깊지도 얕지도 않은 술잔을 받으면서, 장주(莊周)도 호접(蝴蝶)도 아닌 꿈나라로 노니는 그 재미와는 결코 바꾸지 않으리라.

길가에 돌을 가리키며, "내, 장차, 연암(燕巖) 산중에 돌아가면, 일천하고도 하루를 더 자서 희이선생(希夷先生, 송나라 진단(陳摶)의 호인데 한번 잠들면 항상 천 날씩을 잤다고 한다)보다 하루를 더 자서 그를 이길 것이고, 코 고는 소리가 우레 같아서 천하의 영웅으로 하여금 젓가락을 잃고, 미인으로 하여금 놀라게 할 것이다. 그렇지 못한다면 이 돌과 같으리라" 하다가 한 번 꾸벅하면서 깨니, 이 또한 꿈이었다.

꿈속에서 꿈을 꿀 때가 있다. 꿈이라고 여기면서도 헤어나오지 못하고 허우적대다가 깨서 모든 게 꿈이었다는 것을 깨닫고 나면 허망하다.

우리 사는 인생이라고 이와 다를까? 삶이 유한한 한때의 꿈임을 알면서도 욕심과 미련을 버리지 못하다가, 삶에서 깨어나기 직전에 지나온 인생을 후회하는 경우가 태반이다. 여행도 우리 삶을 닮아 있어서 하룻밤 꿈과 같기는 마찬가지다. 기억이라는 것은 주머니에 꽁꽁 묶어둘 수 없는 것이어서 지나고 나면 손에 쥔 모래알처럼 흩어져버리기 때문이다. 그렇기에 여행자는 자꾸만 길 위에 다시 서는 것이리라.

그래서 고빈다는『흰 구름의 길』에 다음과 같은 글을 남겼는지도 모른다.

여행은 꿈속 같았다. 비, 안개, 구름 때문에 처녀림과 바위와 산과 고개와 절벽들이 신비스러울 정도로 변화무쌍했다. 몽환적인 형상들이 어찌나 빨리 나타났다 사라졌다 하는지 도무지 현실세계 같지 않았다. 더군다나 그것이 나의 현실인지 아닌지 알 수가 없었다.

비몽사몽非夢似夢이라는 말처럼, 꿈인지 생시인지 모를 그런 꿈이 없는 잠이 좋은가? 매일 꿈을 꾸는 잠이 좋은가는 몰라도 가위 눌리는 꿈만 아니라면 꿈은 또 다른 세상을 사는 것이나 진배없기 때문에 그리 나쁘지 않다는 생각이다.

밖으로 나가 걸을 수 있다는 것

●

육체가 밖으로 나가는 것은 밖으로 나간다는 단순한 사실이 고결함, 성실함, 강건한 위엄을 보여주는 확실한 지표이기 때문이다.

아우렐리우스의 말이다.

이런 거창한 말이 아니더라도 문을 열고 나갈 수 있다는 사실, 나가서 부는 바람을 마음껏 맞을 수 있다는 사실은 그 자체만으로 충분히 가슴 벅찬 일이다. 한 발 한 발 걸을 수 있다는 사실, 눈으로 변화하는 모든 사물을 볼 수 있다는 사실, 코로 모든 냄새를 맡을 수 있다는 사실만으로도 행복이다.

그런데 마음속에는 항상 무언가 결여된 듯한 허전함이 있다. 걸을 수 있다는 것, 걸어서 어딘가로 갈 수 있다는 것, 그것이면 족할 진데 어째서 마음이 허전할까? "욕심은 끝이 없고 불평은 한이 없다"는 말처럼, 끝없는 욕심이 우리를 괴롭히기 때문이리라.

밖으로 나가면 연둣빛 버드나무, 온갖 꽃들이 지천에 널려 있다. 그 길을 걸으면 모두다 꽃이 되고 바람이 되고 구름이 된다. 걷기에 알맞은 시간에 아무 사념 없이 걸을 수 있다는 것은 얼마나 가슴 설레는 일인가.

다비드 르 브르통은 『걷기예찬』이라는 글에서 걷는 사람에 대해 다음과 같이 예찬하고 있다.

걷는 사람은 시간의 부자다. 그에게는 한가로이 어떤 마을을 찾아들어가 휘휘 둘러보며 구경하고 호수를 한 바퀴 돌고 강을 따라 걷고 야산을 오르고 숲을 통과하고 짐승들이 지나가는 목을 지키거나 혹은 어느 떡갈나무 아래서 낮잠을 즐길 수 있는 여유가 있는 것이다. 그는 자기 시간의 하나뿐인 주인이다.

가다가 멈추고 싶으면 배낭을 내려놓고 털썩 주저앉아서 먼 산을 바라보기도 하고, 흐르는 강물을 넋을 잃고 바라보다가 다시 길을 떠나는 나그네의 삶, 그런 삶을 꿈꾸는 사람은 많지만 그것을 실천에 옮긴 사람은 의외로 적다. 그렇게 세월 속에 나그네가 된 사람이라면 월트 휘트먼의 「열린 길의 노래」에서와 같이 마음껏 자유로워질 수 있을 것이다.

그 시간부터 나는 경계와 상상의 선을 넘겠다고 다짐하리라. 내 자신의 완전하고 절대적인 주인이 되어, 내가 써둔 곳을 찾아가리라. 타인의 말에 귀를 기울이고, 그들이 말하는 것을 가슴에 담고, 멈추고 탐색하며 받아들이고, 사색하면서 부드럽게, 그러나 투철한 의지로, 나를 옭아매던 덧들에서 자유로워지리라.

어떤 사람이 소크라테스에게 '어디서 왔느냐?'고 묻자 아테네에서 왔다고 하지 않고, '세상에서 왔다'고 대답했다 한다. 이와 비슷한 일화가 영국의 시인 워즈워스에게도 있다. 워즈워스는 "낙타처럼 걸어야 한다. 낙타는 걸으면서 반추하는 유일한 짐승이다"라고 말한 바 있다. 어느날 워즈워스를 찾아온 방문객이 하녀에게 주인의 서재를 보여 달라고 하자 하녀는 이렇게 대답했다. "여기가 주인님의 책을 보관하는 곳입니다. 그러나 주인님의 서재는 야외입니다."

나도 역시 그와 비슷한 질문을 자주 받는다. 사무실이 어디쯤이냐고 사람들이 물으면 나는 "온 나라가 다 사무실이고 도서관이고 일터지요" 한다.

그렇다. 내겐 길이 사무실이고 응접실이다. 나는 어디를 가건 쉴 때마다 길에 퍼버리고 앉는다. 대부분의 사람들은 잠깐 앉았다가 일어나면 다리가 아프기 때문에 그냥 서있는데, 나는 내 집처럼 편하게 앉아야 쉰 것 같다. 앉아서 여기저기를 기웃거리다 보면 금세 떠날 것처럼 서있을 때와는 달리 세사한 것들이 눈에 들어온다.

보행자는 걷는 동안 흔히 자기가 걸어서 지나가는 장소에 대하여 일련의 조사를 계속한다. 그는 아마추어 인류학자처럼 정원 가꾸기, 창문 치장, 집의 건축방식, 요리, 손님을 맞는 주민들의 태도, 말씨, 심지어 지방마다 다른 개들의 행동 등을 유심히 관찰하는 것이다. 그는 동물, 식물, 나무의 존재를 말해주는 징후를 찾아 온갖 지표들의 숲속을 답사하며 수풀 속을 전진한다.

"산천을 유람하는 것은 좋은 책을 읽는 것과 같다"는 옛사람들의 산천관처럼, 이 땅 어디를 돌아다니건 그곳이 모두 도서관이나 박물관과 진배없다.

가만히 서서 바라보기도 하고 멀리서 관조하기도 하는 산천의 모든 풍경들이 하나하나의 책이며 그림이고 활짝 핀 꽃이다. 그처럼 생기발랄한 책과 그림들을 어디에서 만날 수 있겠는가.

보행은 가엾은 도서관이다. 매번 길 위에 놓인 평범한 사물들의 이야기를 들려주는 도서관, 우리가 스쳐 지나가는 장소들의 기억을 매개하는 도서관인 동시에 표지판, 폐허, 기념물 등이 베풀어주는 집단적 기억을 간직하는 도서관이다. 이렇게 볼 때 걷는 것은 여러 가지 풍경들과 말들 속을 통과하는 것이다.

그렇게 볼 때 일기가 좋고 나쁜 것은 여행에 별로 지장을 주지 않는다. 훌훌 털고 떠날 수 있다는 것, 그것도 두 발로 이 땅을 걸을 수 있다는 것, 그것만도 축복이 아닐까?

걷다 보면 알게 된다

오랜 나날을 함께 걷다가 보면 서로가 서로를 잘 알게 된다. 저 사람은 어떤 옷을 즐겨 입는지, 저 사람은 어떤 음식을 좋아하는지, 저 사람은 어떤 타입의 사람을 좋아하는지. 왜 그런가 하면, 함께 길을 걷고 함께 먹고 자는 것이 그만큼 사람과 사람 사이를 친밀하게 해주기 때문이다.

해파랑길을 비를 맞으며 함께 걷던 이들이 뒤를 돌아보며 한마디 한다.

"선생님 발걸음 소리만 들어도 선생님인 줄 알겠어요." 그 말을 듣고 보니 예전에도 그와 비슷한 말을 누군가에게 들은 일이 있었다. 관동대로를 따라 걸을 때의 일이다.

"걷는 발걸음 소리만 들어도 이제 누구 발소리인지 알겠어요. 그런데 선생님의 발걸음은 더 독특해요." 저마다 다 걷는 방법이 제각각이니 발소리만으로 사람을 구분하는 것도 무리가 아니다. 나는 신발을 질질 끄는 경향이 있다. 다른 사람들도 대개는 그렇지만 나는 끄는 것이 더 심하다. 그러므로 신발이 한쪽으로 유난히 닳는 편이다.

연암 박지원 선생은 "습관이 오래되면 품성이 된다"고 하였다. 지리산자락 산천재에서 살며 후학을 양성했던 남명 조식曺植 선생도 다음과 같은 말을 남겼다.

착하게 되는 것도 습성에서 말미암고, 악하게 되는 것도 습성에서 말미암는다. 발전하는 사람이 되느냐 퇴보하는 사람이 되느냐 하는 것도 발 한 걸음 내딛는 사이의 일이다.

좋은 습관을 갖는다는 것, 그것이 품성이 된다는 것은 얼마나 중요한 말인가. 좋은 사람을 만난다는 것 역시 내가 좋은 사람이 된다는 것을 전제로 가능한 일일 것이다.

어떤 사람들은 목표물만 바라보고 걸어간다. 가장 높은 산봉우리, 80킬로미터 이정표, 결승선. 그들의 여행에 동기를 주는 것은 여행이 끝나리라는 기대이다. 나는 쉽게 정신이 딴 데 팔리는 경향이 있는지라 나의 여행 방식은 좀 다르다. 한 번에 한 걸음씩, 한 걸음 뗄 때마다 여러 번 쉬면서. 휴식은 때로 완전한 중단이 되고, 이런 중단은 아무데서나 2분에서 열 시간까지 계속될 수 있다. 휴식시간은 정확하지 않을 때가 더 많다. 우리는 우리가 쓰는 개념과 언어 그리고 우리 오감의 철저한 예측 가능성에 갇혀 있어 우리가 잃어버린 것이 무엇인지 자문하는 것조차 잊은 채 우리가 선택하지도 않았을 목표를 향해 서둘러 나아간다. 내가 탐정이 되는 것은 고의가 아니라 게을렀기 때문이다. 삶에 담긴 아주 작은 신호에도 주의를 빼앗기는 나의 성벽이, 모호하고 당혹스러운 패턴을 더듬어 어딘가로, 어디든지(근원이든 결말이든 그 사이의 중간지점이든)가고 싶다는 기차 없는 열정으로 자라났다. 내가 실종된 사람들을 추적하는 일을 시작했을 때, 하나의 기벽이던 것(발자취를 따라가는 것)이 신속하게 하나의 직업으로 성숙했다. (중략) 나는 이제 다른 사람들과 똑같이 한 가지 목표(반대편 끝에 있는 사람을 만나는 것)를 향해서 걷는다.

한나 니알라의 「마지막으로 보이는 지점」이라는 글이다.

그렇다 저마다 가는 길이 다르고 걷는 자세도 다르고 어디로 가는지도 다르다. 천태만상의 사람들이 살다가 가는 지구라는 행성 속에서 만난 우리들은 길에서 무엇을 배우게 되는가?

프리드리히 니체의 『차라투스트라는 이렇게 말하였다』의 「두 번째 춤의 노래」에 다음과 같은 글이 있다.

구불구불한 시선으로 그대는 나에게 구불구불한 길을 가르친다. 구불구불한 길에서 나의 발은 여러 가지 간계(奸計)를 배운다.

그대가 가까이 있으면 나는 그대를 두려워하고, 그대가 멀리 있으면 나는 그대를 사랑한다. 그대가 달아나면 나는 이끌리고 그대가 찾으면 나는 멈춘다. 나는 괴로워한다. 그러나 그대를 위해서 온갖 괴로움을 즐거이 참아오지 않았던가!

그대가 냉담하면 마음에 불이 붙고, 그대가 증오하면 유혹을 받고, 그대가 달아나면 묶여 버리고, 그대가 조롱하면 감동한다.

누가 그대를 미워하지 않을 것인가. 엄청난 속박자, 농락자, 유혹자, 탐구자, 발견자인 그대라는 여자를! 누가 그대를 사랑하지 않을 것인가, 순진하고, 참을성 없고, 질풍 같고, 어린애 같은 눈을 가진 여죄수인 그대를!

그대 전형적인 장난꾸러기여, 지금 그대는 나를 어디로 끌고 가는가? 그리고 지금 그대는 다시 나에게서 달아나는구나. 그대 어리광부리는 장난꾸러기, 은혜를 모르는 자여.

나는 춤추며 그대를 뒤쫓고 희미한 발자국이라도 있으면 그대의 뒤를 따른다. 그대는 어디 있는가? 나에게 손을 내밀라. 아니면 제발 손가락 하나라도.

내가 길을 잃고 캄캄한 어둠 속을 헤매고 있을 때, 내가 가던 길 멈추고 지쳐서 쓰러져 있을 때, 내 손을 잡고 나를 일으켜 줄 사람은 과연 있을까?

어느 길이 좋은 길인가는 저마다 다를 것이다. 잔잔한 파도가 오고가는 바닷가 길을 선호하는 사람도 있고 소나무 숲이 울창한 숲을 좋아하는 사람도 있고, 휘돌아가는 강변길을 좋아하는 사람도 있다. 또 돌담이 운치 있는 마을길을 걸으면서 나직하게 세상과 대화를 나누며 걸어가고 싶은 사람도 있을 것이다.

우리는 저마다 자기가 선택한 길을 가고자 노력하고 있지만 아직도 스스로가 선택한 '자기만의 오솔길'을 찾지 못해 방황하고 있다. 내가 기다리는 그 '오솔길'은 정녕 어디에 있는가?

문화사학자 신정일이 길에서 만난 세상 이야기

길에서 행복해져라

초판 1쇄 | 2011년 8월 22일

지은이 | 신정일

발행인 겸 편집인 | 유철상

책임편집 | 유철상
교정 · 교열 | 임지선
디자인 | 주인지

펴낸 곳 | 상상출판
주소 | 서울시 동대문구 용두동 790번지 롯데캐슬 피렌체 상가 3층 306호
구입 · 내용 문의 | **전화** 070-8886-9892~3 **팩스** 02-963-9892
홈페이지 | www.esangsang.co.kr **이메일** | cs@esangsang.co.kr
등록 | 2009년 9월 22일(제305-2010-02호)
찍은곳 | 다라니

※ 가격은 뒤표지에 있습니다.

ISBN 978-89-94799-12-4(03800)